MILLIARDENSCHWEREN HEART LOVE'N COWBOY

Die milliardenschweren Cowboys aus Lone Star, Texas, Buch Zwei

HOPE MOORE

Heart Love'n Cowboy

Sie hat die Liebe ihres Lebens verloren; nun sehnt sie sich nach einem Neuanfang ohne Herzensangelegenheiten.

Er ist auf der Suche nach seiner großen Liebe und erkennt rasch, dass sie hatte, wonach er strebt, doch keinerlei Interesse daran zeigt, ihr Herz noch einmal zu verschenken. Doch ihre süße Tochter hat andere Vorstellungen...

Wird Sydney Ross in dieser Stadt mit den freundlichen, herzensguten Bewohnern der Neuanfang gelingen, nach dem sie und ihre Tochter suchen? Ihr Großvater hat ihr sein Haus in Lone Star, Texas hinterlassen; eine Gelegenheit, die sie zunächst nicht ergreifen wollte. Als jemand aus der Stadt wissen möchte, ob er das Haus kaufen kann, um daraus ein Bed & Breakfast zu machen, überdenkt sie ihr Leben und zieht den Wunsch ihres Großvaters in Erwägung. Werden Sydney und ihre geliebte Tochter Hazel in dieser netten Stadt ihr Leben neu in Angriff nehmen und sich vom Verlust des Mannes erholen können, den sie so innig geliebt haben? Würde ihr Großvater recht behalten? Würde dies der Ort für ihren Neuanfang sein? Eins erkennt sie schnell – Hazel liebt ihr neues Zuhause und interessiert sich auffallend für einen gewissen Cowboy, der hinter dem Haus seine Rinder weidet… Dustin Buckley.

Dustin neigt zu einer etwas pessimistischen Sicht – insbesondere, wenn es um Frauen geht. Auf dem College hat er gelernt, dass ihm das Geld seiner Familie, über das er nie sprach und schon gar nicht als selbstverständlich ansah, in Liebesdingen im Weg stand. Seither hat er sein Herz verschlossen… bis er die neueste Einwohnerin der Stadt trifft. Eine Frau, an die er unablässig denken muss – und die nichts mit ihm zu tun haben will.

Wird im hoffnungsfrohen und sympathischen Lone Star, Texas ein Wunder geschehen? Werden Sydney und Dustin die Liebe entdecken, die auf sie wartet? Wird Hazel bekommen, was sie möchte?

Dies ist eine Liebesgeschichte über das Überwinden von Trauer und die Annahme all des Schönen, das das Leben bereithält – geschätzte Erinnerungen, die bewahrt werden und Neuanfänge voller Liebe und Lachen mit einem herzensguten Cowboy.

KAPITEL EINS

Sydney Ross saß auf der hinteren Veranda des Hauses ihrer Großeltern. Jenem Haus, das ihr die beiden hinterlassen hatten – nun ja, genau genommen hatte ihr Großvater ihr das Haus vererbt. Ihre liebe Großmutter war bereits einige Jahre vor ihm gestorben und ihren eigenen Verlust hatte Sydney erst nach dem Tod ihrer Großmutter verarbeiten müssen. Ihr Großvater hatte sehr gut verstehen können, was sie durchmachte. Er hatte gewollt, dass sie hierherkam und noch vor ihr erkannt, dass dies der richtige Ort für sie war.

Sie ließ ihren Blick an der Fassade des dreistöckigen Hauses entlanggleiten, das ihre Großeltern gebaut hatten – warum sie ein derart großes Haus errichtet hatten, wollte ihr bis heute nicht in den Kopf. Sie hatte ein paar Verwandte, Onkel und Tanten, zwei Nichten und einen Neffen. Sie alle liebten das

Leben in der Stadt; ein anderer Grund wollte ihr einfach nicht einfallen, warum ihr Großvater das Haus nur ihr allein vererbt hatte. Er hatte ihr zu verstehen gegeben, dass dies ihr Ort für einen Neuanfang sein konnte. Sie trauerte immer noch um Nelson, den sie über alles geliebt hatte, doch diese Trauer fand hauptsächlich in ihrem Inneren statt; sie kämpfte mit aller ihr zur Verfügung stehenden Kraft darum, dass ihre süße Hazel nicht permanent Zeuge ihrer Gefühle wurde. Seit seinem Tod vor drei Jahren hatte sie viel hinter verschlossenen Türen geweint. Hazel war acht; sie war fünf Jahre alt gewesen, als er starb, und Sydney war dankbar dafür, dass ihre Tochter schon alt genug gewesen war, um liebevolle Erinnerungen an ihren Vater zu behalten. Sie hatte ihn von ganzem Herzen geliebt, genauso wie er sie.

Sie und Hazel vermissten die Familie, die sie gewesen waren. Die lustigen Zeiten, die Abenteuer – Ausflüge, während derer sie in den Feldern gespielt hatten, anstatt ihre gesamte Zeit in der Stadt zu verbringen. Nelson war gern hierher nach Lone Star gekommen und hatte Zeit mit ihrem Großvater verbracht. Sie erinnerte sich daran, wie er sie angesehen und gesagt hatte: „Du passt hierher, süße Syd."

Sie blinzelte die Tränen zurück. Er hatte sie immer Syd genannt, und sie hatte das geliebt. Sie hatte nie einen Spitznamen gehabt, bis er ihr diesen gegeben hatte, weil sie stark und feminin war, wie er sagte. *Oh ja, sehr feminin,* hatte er gesagt und sich an sie gekuschelt. Sie lächelte, als sie an diesen Moment dachte. Aber sie sei auch stark, hatte er hinzugefügt, sie baue ihn auf und brächte ihn auf eine Art und Weise zum Lächeln, wie das noch niemandem gelungen war…

Ihr traten Tränen in die Augen und sie versuchte angestrengt, sie abzuwehren. Oh, wie sehr sie diesen wundervollen Mann vermisste. Er war Feuerwehrmann gewesen, ein Held im Privaten ebenso wie im Berufsleben und war gestorben, als er bei einem gewaltigen Wohnungsbrand einem Kind das Leben gerettet hatte. Sie war nicht dort gewesen und hatte nicht gesehen, wie es geschehen war und dennoch sah sie vor ihrem inneren Auge, wie er das Haus betrat und das Kind rettete. Seine Kumpel, die anderen Feuerwehrleute, hatten ihr erzählt, wie er das Kind aus dem schrecklich wütenden Feuer und der allgegenwärtigen Zerstörung geholt hatte, kurz bevor sie alle aufgefordert worden waren, das Gebäude zu verlassen. Als er die Treppe herunterkam, war die Decke eingestürzt, und er hatte das Kind gerade noch seinem vor ihm gehenden Partner Lex zuwerfen können. Dieser hatte es gefangen und mitangesehen, wie ihr geliebter Ehemann zu Boden ging, während er sich selbst zur Tür drehte und aus dem Haus spurtete, um das Kind in Sicherheit zu bringen.

Ihr wunderbarer Ehemann war in dem einstürzenden, brennenden Gebäude ums Leben gekommen, doch er hatte das Kind retten können.

Der bloße Gedanke daran zerriss ihr Herz. Ihr schnürte sich die Kehle zusammen und sie unterdrückte ein schmerzvolles Stöhnen. Sie wusste, was er gedacht hatte, als er gestorben war. Dass er alles dafür geben würde, dass jemand zur Stelle wäre und Hazel retten würde, wenn dies sein Kind wäre. Sie wischte sich mit den Handflächen über die nassen Wangen und versuchte angestrengt, die Tränen zu stoppen. Sie musste sich etwas beruhigen, bevor Hazel nach unten kam.

Nelson war der beste Mann, den sie in ihrem Leben kennengelernt hatte und sie musste dem gerecht werden, was er über sie gesagt hatte. Sie musste stark sein. Sie würde Lebensfreude und Glück für ihre süße Tochter verbreiten. Vor Kurzem hatte ein Tanz in Lone Star stattgefunden; sie hatte an jener Veranstaltung teilgenommen, um herauszufinden, ob sich hier alles so richtig anfühlte, wie ihr Großvater angenommen hatte. Es war ein guter Abend gewesen, und es hatte ihr Spaß gemacht, die Frauen zu beobachten, die ihn organisiert hatten. Josie Jane und Ruby kannte sie, weil sie schon ewig hier lebten und Freunde ihrer Großeltern gewesen waren. Gemeinsam mit Genna, die kürzlich ein Geschäft in der Stadt eröffnet hatte und ungefähr in ihrem Alter war, hatten sie diesen unterhaltsamen Abend auf die Beine gestellt.

So wie sie es verstanden hatte, war eines Tages eine Kundin von Gennas Online-Shop in die Stadt gekommen und hatte sich in ihrem Laden erkundigt, ob hier gelegentlich Tanzveranstaltungen oder dergleichen stattfinden würden. Die Dame hatte eine Tochter, die sie in der Hoffnung, dass sie sich verlieben würde, in diesen hübschen kleinen Ort bringen wollte. Sydney lächelte bei diesem Gedanken, denn sie hatte gehört, dass die beiden dann zum Tanz gekommen waren und die Tochter der Dame inzwischen in Gennas Laden arbeitete; was der in Kürze heiratenden Genna die Möglichkeit einer Auszeit verschaffte, in der sie sich ihrer noch jungen Liebe widmen konnte. Sydney verstand den Gedanken der Mutter und hoffte, dass sich für Genna und den Neuankömmling alles finden würde. Nun, sie selbst war theoretisch natürlich auch neu in der Stadt, aber sie war nicht auf der Suche nach der Liebe. Die hatte sie bereits vor Jahren gefunden, hier ging es vielmehr um einen Neuanfang für Hazel und sie.

Die junge Frau würde im Laden aushelfen, wenn Genna und West in die Flitterwochen aufbrachen und auch später, wann immer Genna etwas Zeit mit ihrem

Mann verbringen wollte. So musste sie nicht ständig im Laden sein. Der Gedanke daran, dass Liebe und Interesse manchmal so gut zusammenspielten, freute Sydney. Genna war ganz vernarrt in Ziegen, und da hatte es hervorragend gepasst, dass West auf der weitläufigen Buckley Ranch eben jene Tiere züchtete. Die Ziegen hatten eine entscheidende Rolle in der Liebesgeschichte der beiden gespielt. Die Geschichte war so süß, dass Sydney lächeln musste, als sie daran dachte. Sie hatte gehört, dass sich die possierlichen, verspielten Ziegen schon seit der Hochzeit der Großeltern Buckley im Familienbesitz befanden. Der Großvater war Viehzüchter und Rancher gewesen, wohingegen die Großmutter aus einer Ziegenzüchter- und Bauernfamilie stammte und als die beiden geheiratet hatten, hatten sie beides miteinander verbunden und nur noch ihre Liebe füreinander hinzugefügt.

Gerade eben hatte sie noch geweint, doch nun lächelte sie beim Gedanken an diese vollkommene Erzählung. Diese Liebesgeschichte war schön und genau wie sie sie mochte, weil sie die Person, die sie hörte, zum Lächeln brachte. Auch der Beginn ihrer und Nelsons Ehe war romantisch gewesen. Die Katze ihrer Mitbewohnerin war entwischt, während sie auf sie aufgepasst hatte, hoch auf einen Baum geklettert und nicht wieder heruntergekommen. Nach stundenlangem Warten hatte sie die Feuerwehr gerufen und Nelson war zu ihrer Rettung herbeigeeilt. Er war auf den Baum gestiegen und die Katze hatte sich auf dem Weg hinab an seinen Hals gekuschelt; als er wieder festen Boden unter den Füßen gehabt hatte, war sie mit riesigen Sätzen durch die geöffnete Hintertür gerannt. Sie und Nelson hatten sich gegenübergestanden und einander angelächelt. Was sie getan hatten, bis das schicksalhafte Feuer sie auseinandergerissen hatte.

Sie erinnerte sich an den Moment, als sich ihre Blicke begegnet waren, an die Aufregung, die sie durchströmt hatte. Sie hatte nichts dergleichen jemals zuvor erlebt und erwartete nicht, dass sich das widerholen würde… sie war auch nicht auf der Suche danach. Liebe war etwas Wunderbares, das wusste sie aus erster Hand. Ihre Liebesgeschichte hatte nicht so lange gedauert, wie sie es sich erhofft hatte, und trotzdem war sie wie aus einem Märchenbuch gewesen. Oh, wie sehr hatte sie sich darauf gefreut, ihr restliches Leben mit diesem Mann zu verbringen, doch es war besser, nicht zu lange bei seinem Verlust zu verweilen. Nein, sie sollte die Erinnerung an sein Leben feiern und an seine Liebe. Sie lächelte. Denn sie spürte ihn ganz in ihrer Nähe, spürte, wie er sie anspornte. Er wollte, dass sie ihr Lächeln, das er so sehr geliebt und von dem er oft gesprochen hatte, aufsetzte und entschlossen nach vorn sah.

Sie spürte, wie ihr erneut die Tränen kamen, doch da vernahm sie den Klang kleiner, schneller Schritte auf der Treppe – die Hazel nicht hinunterrennen sollte, das hatte sie ihrer Tochter eingeschärft. Im nächsten Augenblick kam ihre lebhafte Tochter, die ihrem Daddy so sehr glich, durch die Hintertür gerannt. Hazel jubelte vor Freude, als sie die Veranda überquerte und dann in die Luft sprang, die Arme ausgebreitet und die Beine in der Luft. Sie landete im Gras anstatt auf dem gepflasterten Weg, wirbelte dann herum und grinste ihre Mutter an. Ihre wunderschönen Augen tanzten vor Freude. Sie liebte diesen Ort, ihr Gesicht und ihre Ausgelassenheit sprachen eine eindeutige Sprache.

„Heute wird ein großartiger Tag, Mama. Ich weiß, ab Montag muss ich in die Schule, aber ich werde Kinder aus der Stadt kennenlernen, also ist das schon in Ordnung. Es wird ein super Wochenende. Der Tag ist schön, wie wäre es mit einem Abenteuer?"

Sie lachte, sie konnte nicht anders. „Ich weiß nicht. Wir sind gestern erst angekommen und der Truck war gerade erst weg, als wir ins Bett gegangen sind. Ich hatte erwartet, dass du heute müde sein würdest."

„Nein, ich bin nicht müde. Ich habe Lust auf ein Abenteuer. Ich will dorthin…" Sie wirbelte herum und deutete über den Zaun und die Weide auf die Bäume. „Siehst du die Bäume auf der anderen Seite der Weide? Dort will ich hin. Wenn ich bei Urgroßvater übernachtet habe, hat er mich immer dorthin mitgenommen und mir den Bach gezeigt. Den möchte ich mir ansehen."

„Vielleicht nicht gerade heu…"

„Mama, komm schon. Ich bin schon groß, du musst nicht die ganze Zeit meine Hand halten. Komm einfach mit. Ich möchte dorthin, bitte."

Sie erhob sich, sie konnte einfach nicht anders. „Okay, aber lass uns noch kurz etwas Wasser aus dem Haus holen, das wir mitnehmen können."

„Schau mal, Mom." Sie wirbelte herum, sodass sie mit dem Rücken zu Sydney stand. „Ich habe meinen Wasserrucksack dabei. Ich bin aufbruchbereit."

Ihre Tochter trug den kleinen Wasserbehälter, der so häufig auf ihren Rücken geschnallt war, dass Sydney ihn oft gar nicht mehr bemerkte. Nelson hatte ihn Hazel geschenkt, und sie liebte ihn vor allem aus diesem Grund. Außerdem konnte sie so Wasser trinken, wann immer sie wollte, da ein Strohhalm am Schulterriemen befestigt war.

„Perfekt. Ich werde noch etwas Wasser für mich holen. Musst du nochmal auf die Toilette?"

„Nein, Mom, ich war schon und wenn ich doch muss, dann weiß ich, wo die Büsche sind, und ich weiß auch, wie man… in einen Busch pinkelt."

Sydney musste lachen. „Okay, okay. Das glaube ich dir. Als ich in deinem Alter war und zu Besuch kam, musste ich das auch manchmal tun. In Ordnung, gib mir eine Minute. Warte auf mich."

„Klar. Ich warte am Zaun."

Sydney ging nach drinnen und nahm eine Wasserflasche aus einer der Kisten, die sie noch nicht ausgepackt hatte. Sie öffnete den Verschluss, befüllte die Flasche mit Wasser und etwas Eis, dann griff sie danach und ging nach draußen. Hazel stand am Zaun, die Arme auf eine der mittleren Stangen gelegt. Mit verschränkten Knöcheln, das Kinn auf den übereinanderliegenden Armen, starrte sie über die Weide. Glücklicherweise befanden sich dort heute keine Rinder, doch sie wusste, dass die Buckleys ihr Vieh an unterschiedlichen Stellen grasen ließen und irgendwann auch Tiere auf der angrenzenden Weide stehen würden. Auch Rehe ließen sich von Zeit zu Zeit dort blicken. Heute jedoch galt ihr Augenmerk einem energiegeladenen, herzerwärmenden kleinen Mädchen.

„Okey-dokey, da bin ich. Dann mal auf ins Abenteuer."

Ihr Kind blickte mit den Augen ihres Vaters zu ihr auf – Augen in schimmerndem Haselnussbraun. Die strahlende Farbe war außergewöhnlich.

„Ja. Auf geht's!", rief sie. „Du kannst vorgehen, Mama. Du kommst doch durch den Zaun hindurch, oder?"

„Ja, Liebes. Als ich in deinem Alter war, bin ich oft über diesen Zaun geklettert und ich passe immer noch zwischen den Stangen hindurch." Sie kicherte, während sie sich nach vorn beugte, ein Bein hindurchschob und diesem dann mit dem Rest ihres Körpers folgte. Das fühlte sich großartig an und brachte Erinnerungen an vergangene Abenteuer zurück.

„Hey, das war toll!"

„Schön, dass ich deiner Unterhaltung dienlich sein konnte. Jetzt du. Warte, ich mache ein Foto von dir. Irgendwo im Haus befinden sich noch Bilder, die deine Großmutter von mir gemacht hat."

„Super. Nach denen werde ich suchen." Mit diesen Worten schwang sich Hazel auf den Zaun und sprang auf der anderen Seite zu Boden, während Sydney mehrere Fotos schoss und dabei kicherte.

„Mein Gott, Großmutter hätte das gefallen."

Hazel lachte und grinste dann. „Sie hätte gesagt, dass ich ag… - wie war das Wort noch – ag… *agil* bin. Stimmts? Hat sie das nicht immer über mich gesagt?"

Sydney umarmte ihre Tochter. „Als du noch ein Kleinkind warst, hat sie immer gesagt, dass du ein aktives und agiles kleines Mädchen bist."

„Und du hast hinzugefügt, *genau wie ihr Daddy*."

Sydneys Herz zog sich zusammen und sie kämpfte erneut gegen die beißenden Tränen der Erinnerung. Sie hatte ihrer Tochter gegenüber nicht erwähnt, was heute für ein Tag war. Es war der Todestag ihres Vaters und aus diesem Grund wogen die Emotionen heute schwerer als sonst und belasteten sie ungewöhnlich stark. Doch jetzt war kein Augenblick zum Weinen. „Ja, du bist deinem abenteuerlustigen Papa sehr ähnlich."

Sie schob das Telefon in ihre Tasche und blickte über die Weide. „Pass beim Gehen auf, wohin du trittst, und achte auf das Gras. Es ist nicht allzu hoch und du trägst deine Stiefel, aber wir müssen trotzdem genau hinsehen. Halte nach Schlangen Ausschau. Achte darauf, wo du deine Füße hinsetzt."

Hazel blickte sie entschlossen an. „Das werde ich, sei du auch vorsichtig. Okay, los geht's." Sie grinste und begann, über die Weide zu laufen und genau wie sie es gelernt hatte, hielt sie die Augen auf den Boden gerichtet, während sie vorwärts stapfte.

Sydney spürte, dass ihr Mädchen ihr Leben ebenso angehen würde, und dieser Gedanke zauberte ihr ein Lächeln auf die Lippen. Sie würde einen Fuß vor den anderen setzen und vorwärtsgehen, sich selbst einen Weg bahnen, der ihr gefiel.

Ihr Herz schwoll vor Liebe an und sie folgte ihrer Tochter. Ihrer *beider* Tochter. Ja, es würde ein wunderbarer Tag werden.

KAPITEL ZWEI

Dustin Buckley lehnte sich in seinem Sattel nach vorn und schob mit dem rechten Arm einige Äste aus dem Weg, während er auf seinem Pferd am Rand der Schlucht entlangritt. Seine Augen folgten dem von Tieren ausgetretenen Weg, der den Hügel hinabführte und ihm das Vorwärtskommen erleichterte. Dieses Stück Land hatten sie vom alten Johnny Foster erworben, nachdem sie es zuvor jahrelang gepachtet hatten. Er hatte sich entschieden, das Land zu verkaufen, als seine Frau nach langer Krankheit verstorben war und er in die Nähe seiner Familie hatte ziehen wollen. Leider war dann auch er bald von ihnen gegangen.

Es war gutes Land, das Vieh gedieh hier prächtig. Doch im letzten Monat hatten sie zwei Rinder verloren – zwei Kühe waren tot aufgefunden worden, ohne dass sie zuvor als erkrankt erfasst worden waren. Sie hatten zunächst an Kojoten gedacht, doch ziemlich rasch hatte er vermutet, dass es sich bei dem Übeltäter auch um einen Berglöwen handeln könnte. Als man die Kühe fand, hatten Kojoten und Bussarde von den Kadavern schon nicht mehr viel übriggelassen. Mögliche Pfotenabdrücke eines Berglöwen waren von den Kojoten vernichtet worden, die sich über die Überreste hergemacht hatten. Doch er glaubte nicht, dass sie die Kühe zur Strecke gebracht hatten. Kojoten streiften immerzu auf dem Gelände der Ranch umher und wenn eine Kuh erkrankte, bestand ein geringes Risiko, dass sie von einem Kojoten angegriffen wurde. Doch für gewöhnlich traten diese erst nach dem Tod eines Rindes in Erscheinung, um sich ans Aufräumen zu machen. Diese beiden Kühe hätten bald wieder Kälber austragen sollen, stattdessen waren sie einem Feind zum Opfer gefallen, einem Tier, das seiner Ansicht nach ein Berglöwe war.

Zunächst hatte ihn dieser Gedanke nicht weiter beunruhigt, nicht allzu sehr jedenfalls; denn es war nicht so, als würden Berglöwen unablässig durch die Gegend streifen. Nein, sie versteckten sich tagsüber und kamen nachts heraus. Meist blieben sie nicht lange in einem Gebiet. Sie waren Einzelgänger und zogen viel umher. Das wusste er alles, bis vor Kurzem hatte ihn das nicht besonders gekümmert. Doch jetzt waren Sydney Ross und ihre Tochter in das Haus gezogen, das Johnny ihnen hinterlassen hatte. Er hatte sein gesamtes Ranchland an Dustins Familie verkauft, das hübsche Haus jedoch für seine Enkelin Sydney aufgehoben, an die sich Dustin aus zurückliegenden Sommern dunkel erinnerte. Sie war verwitwet und hatte eine kleine Tochter; nachdem sie das Haus geerbt hatte, hatte sie sich entschieden, dorthin zu ziehen.

Diese Informationen hatte er am Morgen im Diner aufgeschnappt; sie hatten seinen Verstand in Alarmbereitschaft versetzt. Die beiden würden in das Haus ziehen und sofort hatte er an seinen Verdacht denken müssen, dass sich ein Berglöwe in der Schlucht auf der direkt an ihr Grundstück grenzenden Weide herumtrieb. Er war unverzüglich aufgestanden und nach Hause gefahren und hatte sein Pferd in den Anhänger geladen. Hatte nach seinem Gewehr gegriffen und war hergekommen, um nach dem Rechten zu sehen, wie er es schon längst hätte tun sollen. Er wollte nicht riskieren, dass Sydney und ihre Tochter Probleme bekamen.

Er hatte von Josie Jane und Ruby erfahren, dass die beiden morgen zu ihnen fahren würden, um wenn nötig beim Auspacken von Umzugskisten behilflich zu sein und herauszufinden, ob Sydney aus dem Haus eine Pension machen wollte. Arme Sydney. Er hoffte, sie hatte wirklich vor, ein Bed and Breakfast zu eröffnen – nicht, dass er das tun würde – aber er hatte die Augen der beiden Damen voller Hoffnung aufleuchten sehen. Seit der von den beiden organisierten Tanzveranstaltung, schienen sie der Meinung zu sein, ein B&B wäre eine großartige Idee. Wahrscheinlich nahmen sie an, dass es ein Bonus für die Stadt wäre, wenn es eine Übernachtungsmöglichkeit für Besucher gab. Nach allem, was er gesehen und von anderen gehört hatte, war die Feier ein voller Erfolg gewesen. Auch für seinen Bruder West.

Ja, seit dieser Tanzveranstaltung hatte sich einiges im Leben seines Bruders verändert; in einer Woche würden sie seine Hochzeit feiern. Das war aufregend, denn West war der Erste seiner Brüder und Cousins, der heiraten würde. Seine Eltern schienen immer einen Meter über dem Boden zu schweben, so glücklich waren sie. Seine Mutter hoffte, möglichst bald ein Enkelkind zu bekommen. West hatte gelacht und entgegnet, darauf solle sie sich mal nicht zu sehr versteifen, erst einmal würden sie zu zweit auf der Ranch leben und außerdem gäbe es genug Kinder dort draußen. Allen war klar gewesen, dass er die Ziegenbabys meinte. Und von denen gab es wirklich eine Menge.

Ihre Mutter hatte West das Geschirrtuch, das sie in der Hand gehalten hatte, gegen die Hüfte geschlagen.

„Ich weiß." Sie hatte gelacht. „Aber ich kann ja trotzdem ein bisschen träumen."

Dustin grinste, als er an diesen Austausch zwischen seinem Bruder und seiner Mutter dachte. Es war ein schöner Moment gewesen.

Vor ihm machte der abwärts führende Pfad eine Biegung; er würde ihn und sein Pferd auf halber Höhe zwischen dem Fluss und dem Kamm der Schlucht entlangführen. Mit einem Mal vernahm er das Platschen von Wasser und ein Lachen, sodass er in seinen Gedanken unterbrochen wurde.

Wo kam das her?

Er drängte sein Pferd vorwärts, durch Gestrüpp die Schlucht hinab. Er passierte die Biegung, die ihn ungefähr fünf Meter über dem Wasser herausbrachte, und duckte sich, um einem Ast auszuweichen und als er aufblickte, fiel sein Blick auf eine wunderschöne Szene… Mutter und Tochter, in einem Augenblick voller Lachen und Freude.

Sydney, wie er annahm, stand auf einem schmalen Vorsprung auf etwa halber Höhe an der zum Bach abfallenden Schlucht und lachte mit ihrer jungen Tochter. Er beobachtete, wie sich das kleine Mädchen bückte und einen Stein aufhob, ihn seiner Mutter zeigte und dann über das Wasser warf. Er segelte durch die Luft und platschte dann ins Wasser; das war das

Geräusch, das er kurz zuvor vernommen hatte. Beide lachten, dann warf das Mädchen triumphierend die Arme in die Luft und Sydney beugte sich laut lachend vor und zog ihre Tochter in eine innige Umarmung.

Die Szene war allerliebst und brachte ihn zum Lächeln. Er gab kein Geräusch von sich, um den Moment nicht zu stören. Sydney strich über das Haar ihrer Tochter und blickte ihr in die leuchtenden Augen, während sie einen Schritt zurücktrat. Wie in Zeitlupe sah er mit an, wie ihr Fuß vom Rand des Vorsprungs rutschte und plötzlich nichts mehr da war, was ihr Halt bot.

Sie riss die Arme hoch und stieß einen Schrei aus, als ihr klar wurde, was geschah. Im nächsten Moment fiel sie nach hinten, überschlug sich in der Luft und rollte dann die Böschung hinunter. Sie traf auf die Kante eines größeren Felsvorsprungs und flog durch die Luft.

Unverzüglich setzte er sich in Bewegung. Er trieb sein Pferd zu größter Eile an, durch das Gestrüpp stürmten sie den Hügel hinab. Glücklicherweise war sein Pferd trittsicher und strauchelte nicht. Als Sydney ins Wasser stürzte, war er schon nahe genug am Ufer des Flusses, um sich aus dem Sattel heraus ins Wasser zu werfen.

War das Wasser tief genug gewesen, um ihren Sturz abzufangen?

Er hatte seinen Sprung an mitteltiefes oder tiefes Wasser angepasst, aber Sydney war kopfüber hineingeflogen, und er hatte Angst, dass sie sich beim Aufprall ernsthaft verletzt haben könnte. Nachdem er wieder an die Wasseroberfläche gekommen war, suchte er mit den Augen seine Umgebung ab. Zum Glück tauchte sie ganz in der Nähe auf, sie war in tieferem Wasser gelandet, als er angenommen hatte.

Gott sei Dank war sie wieder aufgetaucht.

Er sah ihr Gesicht von der Seite, die Bestürzung darauf war nicht zu übersehen, während sie darum kämpfte, nicht wieder unterzugehen und hügelaufwärts hustend ihrer Tochter einen Schwall Worte zurief: „Komm nicht hier runter!"

Die Kleine schrie und versuchte augenscheinlich herauszufinden, wie sie zu ihrer Mutter gelangen konnte. Die beiden waren so von der Situation vereinnahmt, dass keine von ihnen seine Anwesenheit zur Kenntnis nahm, während er mit raschen Zügen durch das glücklicherweise tiefe Wasser zu ihr schwamm.

„Hier bin ich. Ich habe dich", sagte er, als er sie von hinten erreichte und einen Arm um Sydney legte. Sie zuckte zusammen und drehte sich dann herum, damit sie sein Gesicht sehen konnte, während er zu ihrer Tochter aufblickte. „Ich habe sie", rief er. „Tritt einen Schritt zurück, ich bring sie zu dir."

Dann traf sein Blick auf Sydneys lebhafte smaragdgrüne Augen. Trotz der nassen Haare und dem an ihr herabströmenden Wasser, war sie so wunderschön, dass ihm trotz der angespannten Situation der Atem stockte.

„Wo bist du hergekommen?", wollte sie nach Luft schnappend wissen.

Er zwang seinen abdriftenden Verstand zurück in die Gegenwart. „Von der anderen Seite des Baches. Entspann dich, atme einmal tief durch. Ich habe dich. Wir werden dort drüben ans Ufer gehen."

„Gut, dass du hier warst." Sie schluckte, entspannte sich aber nicht. „Ich glaube, ich hätte es geschafft. Gott sei Dank ist dies kein besonders schnell fließender Fluss."

Er starrte sie beruhigend an. „Atme", sagte er eindringlich. Sie wandte den Blick nicht ab und atmete schließlich tief durch. Sein Arm war ein Stück nach oben gerutscht und lag jetzt um ihre unteren Rippen und so konnte er spüren, wie sich ihre Lungen mit Luft füllten.

„Sehr gut. Ich bin auch froh, dass ich hier war. Jetzt ist alles in Ordnung, aber es hätte sein können, dass du irgendwo mit dem Kopf anschlägst und bewusstlos im Wasser landest. Dieser Gedanke hat mich zu Tode erschreckt.“

„Davor hatte ich auch Angst.“ Sie blickte ihm in die Augen. „Ich hatte Angst, dass sie mit ansehen würde, wie mir etwas Schreckliches zustößt und ich ihr nicht helfen kann. Noch schlimmer, es hätte sie treffen können und nicht mich. Ich weiß nicht, warum ich uns in eine solche Situation gebracht habe.“

„Ich bringe dich jetzt zu ihr.“ Er unterbrach den Blickkontakt und legte sich auf die Seite. Er nahm sie mit sich, während er seinen freien Arm durchs Wasser zog und mit den Stiefeln Wasser trat. Nach ein paar kräftigen Tritten trafen seine Stiefel auf den schlammigen Boden des Baches. Beinahe wäre er über einen großen Stein gestolpert, doch es gelang ihm, das Gleichgewicht zu halten. Er hielt sie fest an sich gepresst, damit sie laufen konnte, wenn sie festeren Boden erreichten. Er spürte, wie ihr Körper leichter wurde, als auch ihre Füße den lehmigen Boden ertasteten.

„Ich lasse dich noch nicht lo…“

„Autsch.“ Sie schnappte nach Luft und stolperte.

Augenblicklich zog er sie fester an sich, ihr Rücken an seiner Brust. „Alles okay?“ Sie sah zu ihm auf, ihre Lippen waren ganz nah bei seinen, was eine Welle der Erregung in ihm auslöste. Beinahe wäre er gestolpert, als er sie ansah.

„I-ich bin auf einen großen Stein getreten."

Konzentrier dich, Mann. „Geht es dir gut?"

„Ja, dank dir."

Der Boden war jetzt fester und das Wasser nur noch hüfttief. „Ich bin froh, dass ich in der Nähe war." Das war er wirklich. Es spielte keine Rolle, dass seine Stiefel ruiniert waren und er wahrscheinlich sein Handy verloren hatte. Es zählte nur, dass sie in Sicherheit war.

Sie watete nun ebenfalls durch den Schlamm. Sie war etwas kleiner als er und schaute zu ihm auf, als sie zitternd Luft holte. „Dass ich meine süße Tochter so nahe an der Kante stehen ließ, nur einen Schritt vom Abgrund entfernt… was für eine Riesendummheit von mir. Ich bin äußerst dankbar, dass du in der Nähe warst und mich gesehen hast."

Schwer atmend trotteten sie durch Wasser und Schlamm die Böschung hinauf, um endlich aus dem Bach herauszuklettern. Am Ufer hielten sie inne, Wasser tropfte von ihnen herab und Sydney lehnte sich an ihn, während sie tief durchatmete. Offenbar vermittelte er ihr ein Gefühl der Sicherheit.

Es fühlte sich gut an, dass sie sich an ihn lehnte, nicht weil er sie gerettet hatte, sondern weil sie sich in seiner Nähe wohl fühlte, und er atmete für ein paar Atemzüge tiefer als zuvor.

„Mama, geht es dir gut?"

Sydney sah zu ihm auf und blinzelte die Tränen weg, bevor sie die Anhöhe hinauf zu ihrer Tochter blickte. „Ja, meine liebe Hazel. Es geht mir gut." Ihre Augen ruhten nun wieder auf ihm und er spürte die Dankbarkeit, die sie empfand. „Wie du siehst, ist mir dieser heldenhafte Cowboy zu Hilfe gekommen und hat mich gerettet. Wir leben jetzt mitten unter ihnen."

Das kleine Mädchen quietschte, warf die Hände in die Luft und sprang auf und ab. „Ich bin so froh, dass wir im Cowboy-Land sind. Danke, Sir. Vielen Dank dafür, dass du meine Mama gerettet hast! Kommst du hierher? Ich möchte dir eine dicke Umarmung geben."

Sein Herz hämmerte, als er zu dem Mädchen hochstarrte. Er war so froh, dass er hier gewesen war. „Ja, ich komme zu dir hoch." Er grinste sie an. „Aber bitte hör auf, so auf und abzuspringen und geh einen Schritt zurück, sonst rollst du noch als Nächste den Hügel hinab. Deine Mom hatte großes Glück. Etwas weiter unten gibt es einen Pfad, den ihr beide leicht runtergehen könnt. Wenn ihr dichter ans Wasser wollt, ist dieser genau richtig. Normalerweise wird er von Kühen benutzt, er ist leicht begehbar und es besteht keine Gefahr, dass jemand fällt. Das verspreche ich."

Sydneys Griff um seinen Arm wurde fester. „Danke", sagte sie leise.

„Ich bin froh, dass ich hier war. Ich bin übrigens

Dustin Buckley." Er zwang sich, einen Schritt zurückzutreten, hielt aber weiterhin ihren Arm fest. „Weiterer Dank ist nicht notwendig. Ich werde euch den Weg zeigen, dann weiß ich, dass ihr keine Probleme haben werdet, wenn ihr das nächste Mal herkommt. Komm. Wir gehen zu deiner verängstigten Tochter."

Sie nickte und schlang die Arme um sich, wahrscheinlich sorgte die leichte Brise dafür, dass sie fror. „Dustin. Mein Name ist Sydney Ross, und das da oben ist meine Tochter Hazel, und ich kann dir gar nicht genug danken."

Er selbst spürte die Kälte kaum, seine Gedanken waren ganz woanders und die Wärme ihrer Augen umhüllte ihn. „Nochmal, ich bin froh, dass ich hier war, Sydney. Lass uns zu deiner Tochter gehen."

Sie machte einen ersten Schritt und hielt dann inne. „Wirst du noch einmal ins Wasser müssen, um zu deinem Pferd zurückzuschwimmen?"

Er gluckste. „Nein. Ich werde euch die Stelle zeigen, an der ihr gefahrlos Steine werfen könnt und du wirst sehen, dass dort ein umgestürzter Baum so liegt, dass ich über ihn auf die andere Seite gelangen kann. Ich werde nach meinem Pferd pfeifen, dann kommt es angelaufen."

Sydney lächelte.

Meine Güte, was für ein Lächeln.

„Klingt, als hättest du dir ein großartiges Pferd abgerichtet."

Er grinste. „Das denke ich auch. Ich richte gern Pferde ab und sie sind begierig, das zu lernen, was ich ihnen beibringen will, also ist es für alle von Vorteil." Er schob seine Hand unter ihren Ellbogen und sie weiter den Hügel hinauf. „Ich werde dich beim Hochgehen stützen, da ich kein Risiko eingehen will. Deine Tochter möchte dich dringend in die Arme schließen, also nichts wie auf zu ihr. Wenn wir auf etwas festerem Untergrund angekommen sind, zeige ich dir den Pfad."

„Danke nochmal. Eigentlich denke ich, ich kann es allein den Hügel hinaufschaffen, aber bei meinem Glück stolpere ich und stürze noch einmal hinab."

Beinahe hätte er gelacht, es gelang ihm gerade noch, sich zurückzuhalten. „Ich denke, von jetzt an wirst du vorsichtiger sein."

Sie nickte und starrte den Hügel hinauf, bevor sie langsam losging, einen Schritt nach dem anderen.

Er folgte ihr, eine Hand stützend um ihren Ellbogen gelegt. Als sie oben ankamen, beugte sich Sydney zu ihrer Tochter herab. Er stellte sicher, dass sie nicht noch einmal fiel, während Hazel ihre Mutter fest umarmte. Sie klammerte sich an sie und sah dann mit Tränen in den Augen zu ihm auf.

Sydney strich ihr übers Haar. „Alles ist gut,

Liebling. Ich bin ja hier. Ich werde immer bei dir sein."

Die honigfarbenen Augen des kleinen Mädchens bohrten sich in die ihrer Mutter. „Versprichst du mir das?"

Sein Herz zog sich ergriffen zusammen, als Sydney sie erneut an sich zog. „Ja, meine Süße, ich verspreche es dir." Ihre Stimme war rau, während sie versuchte, die Gefühle zu kontrollieren, die sich deutlich auf ihrem Gesicht abzeichneten. „So Gott will."

Augenblicklich drehte das Mädchen seinen Kopf zu ihm. „Tausend Dank." Mit diesen Worten ließ sie ihre Mutter los, schlang ihre Arme um seine Hüften und blickte mit festem Blick in seine Augen. „Danke, dass du meine Mama gerettet hast."

Die beiden hatten eine unglaublich schwere Zeit hinter sich, das junge Mädchen hatte seinen Daddy verloren und es war offensichtlich, dass sie sich ernsthaft Sorgen um ihre Mutter gemacht hatte. Ihm war zu Ohren gekommen, dass Sydneys Ehemann Feuerwehrmann gewesen und bei der Rettung eines kleinen Mädchens aus einem brennenden Gebäude ums Leben gekommen war. Dass es ihm gelungen war, das Mädchen einem anderen Feuerwehrmann zu übergeben, bevor das Gebäude über ihm zusammenbrach. Er war ein Held gewesen, aber Dustin hatte vor Allem Mitleid mit seiner Familie – diesen zwei bezaubernden

Geschöpfen hier vor ihm.

Er berührte ihr Haar. „Ich bin froh, dass ich hier war, sodass Gott von mir Gebrauch machen konnte. Aber ich bin mir sicher, deiner starken Mom wäre auch ohne mich nichts zugestoßen. Sie hat sich nicht ernsthaft verletzt, als sie den Hügel hinuntergerollt ist und dann darum gekämpft, zu dir zurückkehren zu können." Sein Blick wanderte zu Sydney und er sah, dass sie ihm „Danke" mit den Lippen bedeutete. Er lächelte leicht und blickte dann wieder zu Hazel. „Willst du die Stelle sehen, an der du von jetzt an Steine werfen kannst?"

„Ja." Strahlend drehte sie sich um und begann, den Hügel hinaufzusteigen, der an dieser Stelle glücklicherweise weniger steil war als dort, wo Sydney gestürzt war.

„Ich kann es kaum erwarten", rief Hazel über ihre Schulter zurück, während er Sydney den Hügel hinauffolgte.

Sie erreichten eine ebene Fläche, wo Hazel auf sie wartete. „Okay, in welche Richtung jetzt?"

Er glukste und deutete hinter sie. Sofort drehte sie sich wieder um und ging durch das Gras voran.

„Pass auf, wo du hintrittst", rief Sydney.

„Du auch, Mama", warf Hazel ihr über die Schulter zu.

„Das habe ich wohl verdient", sagte Sydney sanft

und warf ihm einen Blick zu.

„Du schlägst dich tapfer." Er lächelte sie an und freute sich, als in ihren smaragdgrünen Augen ein Funkeln aufblitzte.

„Danke nochmal." Sie erwiderte sein Lächeln und er spürte, wie sein Körper von Freude durchflutet wurde.

Was war nur los mit ihm? „Du hast dich oft genug bedankt. Hazel, warte einen Moment", rief er und wandte seine Aufmerksamkeit von der neben ihm hergehenden Schönheit auf das Kind. Sie waren beide triefendnass, doch das würde er jederzeit erneut in Kauf nehmen, wenn er dafür Zeit mit ihr verbringen durfte. „Siehst du den Pfad dort? Da gehen wir runter. Die Rinder nutzen ihn seit Jahren, weswegen er ziemlich ausgetreten ist. Man kann sich hier unbeschwert bewegen, die Kühe trinken unten am Bach und durchqueren ihn auch an dieser Stelle. Ich könnte dort ebenfalls auf die andere Seite gelangen, aber ich ziehe es vor, trockenen Fußes hinüberzugelangen, weswegen ich immer über den umgestürzten Baum laufe."

Hazel fuhr lachend herum. „Deine Füße sind doch schon nass."

Woraufhin auch er und ihre Mutter lachten. „Ich wollte sehen, ob es dir auffällt."

„Ist mir aufgefallen. Mir entgeht nur wenig."

„Das stimmt", bestätigte Sydney. „Ich kann diesem süßen Fräulein nichts vormachen."

„Sie behauptet, ich habe das von meinem Daddy, aber ihr entgeht auch nicht viel, also habe ich es wohl von beiden."

„Ich muss dir auf jeden Fall zustimmen, dir entgeht wirklich nichts. Führ uns jetzt den Weg hinunter, okay?"

Sie grinste, bevor sie sich umdrehte und den Pfad entlanglief. Ihre Mutter folgte ihr und er folgte den beiden. *Was für ein Tag! Nach einem schlechten Start war er immer besser geworden.*

Nach kurzer Zeit erreichten sie die weitläufige Fläche direkt am Bach, an der das Flusswasser stromabwärts über große Felsen hinwegplätscherte.

„Wow, was für eine großartige Stelle!", rief Hazel und ihre honigfarbenen Augen funkelten, als sie sich zu ihm und ihrer Mutter umdrehte. „Sie ist perfekt. Und seht nur, all die Steine!"

„Ja, ich dachte mir schon, dass es dir hier gefallen würde. Das steigende und fallende Wasser lässt all diese Steine zurück. Der ideale Ort, um Steine zu werfen."

„Mein Daddy und ich haben während unserer Abenteuer immerzu Steine geworfen. Mama hat ganz viele Fotos davon gemacht, die zeige ich dir mal bei Gelegenheit."

Sie griff nach unten und hob einen Stein auf, der in ihre Handfläche passte. Dann lächelte sie ihn mit großen Augen an. „Hey, vielleicht kannst du ein paar mit mir werfen. Mama gibt sich Mühe, aber sie ist nicht besonders gut. Vielleicht können Männer das einfach besser."

Er lachte, als er sah, wie Sydney ihrer Tochter ein gutmütiges Grinsen zuwarf. „Ich weiß nicht. Du hast gesagt, du bist gut darin und du bist ein Mädchen und wirst eines Tages eine Frau sein."

Erst blickte sie für einen Moment nachdenklich drein, doch dann begann sie zu lachen. „Ja, du hast recht. Ich glaube, Mama ist einfach schlecht darin." Sie legte eine Hand auf ihren Bauch und lachte, genauso wie ihre Mutter.

Ein Grinsen stahl sich auf sein Gesicht, während er die beiden beobachtete. Es war eine reizende Szene.

„Und, bist du gut? Wenn ja, dann kannst du mir helfen, denn ich möchte so gut werden wie mein Daddy."

Sein Herz zog sich zusammen. Dieses kleine Mädchen liebte seinen Daddy sehr. Wenn er seinen Vater in ihrem Alter verloren hätte, dann hätte er ihn sicher ähnlich schmerzhaft vermisst. Er schätzte seinen Vater und war äußerst dankbar, dass dieser immer noch an seinem Leben teilhatte. Als er in ihrem Alter gewesen war, hatte er jede Bewegung seines Vaters genauestens verfolgt, egal ob er sich gerade um Kühe oder Pferde gekümmert hatte. Alles, was er über Tiere wusste, hatte er von seinem Vater gelernt. Nur Steine werfen nicht. Das hatte er sich von seinem ältesten Bruder, Ryder, abgeschaut. Ryder hatte schon immer ein Händchen für solche Dinge gehabt und sehr früh damit begonnen. „Ja, mein Vater hat mir auch viel beigebracht. Aber ich habe das Gefühl, dass ich nicht annähernd so gut bin wie dein Daddy, wenn es ums Steinewerfen geht. Er muss großartig gewesen sein."

Sie lächelte, zuckte mit den Schultern und sah zu ihrer Mutter auf. „Ich kann mir nicht vorstellen, dass irgendjemand so gut darin ist wie Daddy, aber ich werde nach… nachsichtig sein. Ist das das richtige Wort, Mama?"

Ihre Mutter lachte kurz auf. „Ja, das ist das richtige Wort. Du bist nachsichtig, wenn du andere mit deinem Vater vergleichst."

„Ja, das meinte ich", sagte sie. „Ich werde nachsichtig sein, wenn du es mir beibringst."

Diese beiden waren einfach herzerwärmend. Wirklich, wirklich herzerwärmend. Ihrer beider Liebe für den Mann, den sie verloren hatten, zeigte sich aufs Schönste, wenn sie über ihn sprachen. Das berührte ihn sehr.

Und diesen Umstand verlor er besser nicht aus den Augen.

KAPITEL DREI

„So, jetzt, wo ich euch diese gut zugängliche Stelle gezeigt habe und weiß, dass es euch beiden gutgeht", Dustin erwiderte Sydneys Blick, „werde ich über den Baumstamm laufen und mich auf den Rückweg machen, denke ich."

Sydney gelang es nicht, den Blick von ihrem Retter abzuwenden und spürte einen kleinen Stich in ihrem Inneren, während sie in seine aufrichtigen Augen sah. „Wir kehren auch heim und machen es uns in unserem neuen Zuhause gemütlich."

Hazel lugte zu ihm auf. „Und wenn wir das nächste Mal Steine werfen, kommen wir hierher."

„Das klingt gut, aber Hazel, versprich mir, dass du nicht versuchen wirst, über den Baum zu laufen, wie ich es gleich machen werde. Das kann gefährlich sein."

Sie betrachtete den Baum und blickte dann wieder

zu ihm. „Okay, ich verspreche, dass ich nicht über diesen großen Baum laufen werde. Auch wenn es lustig aussieht."

Sydney beobachtete, wie sich ein Lächeln auf Dustins hübschem Gesicht ausbreitete.

„Ich habe das Gefühl, dass ich dir glauben kann, und werde dir vertrauen. Außerdem solltest du auch nicht ohne deine Mutter herkommen."

„Versprochen. Ich wollte nur, dass Mama das Haus verlässt, weil wir gerade erst eingezogen sind und sie ziemlich traurig aussah, als sie draußen auf der Veranda saß. Deswegen wollte ich mit ihr spazieren gehen. Ich wusste nicht, dass sie diesen Hügel hinunterkullern würde. Gut, dass du da warst und auch noch so nett bist."

Er musterte ihre Tochter, dann wanderte sein Blick kurz zu ihr; wahrscheinlich hatte er Mitleid mit ihr, wie so viele Menschen. Sydney verstand das, wahrscheinlich hatte sie einigen verwitweten Frauen denselben mitfühlenden Blick zugeworfen. Sie hatte gehofft, dass diese den Schmerz ihres Verlustes nicht so stark spürten. Doch genau das tat sie selbst, schon seit beinahe drei Jahren und sie bemühte sich sehr darum, den schmerzhaften Momenten zu trotzen. Versuchte, nicht auf der Stelle zu treten, so wie Nelson es sich für sie wünschen würde. Er hätte gewollt, dass sie sich ihrer eigenen Stärke bewusst war. Dieser Stärke, wegen der er sie so oft geneckt hatte. *„Du bist die stärkste Frau, die ich je kennengelernt habe, Syd … und ich liebe jede Faser von dir.“* In letzter Zeit hörte sie seine Worte mit immer größerer Eindringlichkeit, fast wie ein Mantra, das sie dazu bringen sollte… loszulassen. Der Gedanke daran sorgte dafür, dass sich ihre Stirn in Falten legte.

Sie zwang ihre Gedanken zurück ins Hier und Jetzt und blickte Dustin an. „Wir machen uns jetzt auf den Rückweg. Vielen Dank.“

„Gern geschehen. Und viel Erfolg beim Ankommen. Ich habe da was läuten hören, dass ihr morgen möglicherweise Hilfe bekommt.“

Die süße Kleine lachte. „Ich habe gehört, dass morgen einige äußerst nette Frauen zu uns kommen. Sie kannten schon meine Uroma und meinen Uropa und mich kennen sie auch von früher. Ich erinnere mich an sie, das wird ein Spaß. Meine Mama kennen sie auch. Wie auch immer, morgen besuchen sie uns jedenfalls und ich verspreche, ihnen zu helfen und nicht herzukommen.“

„Gut. Und denkt beide dran, dass das Wasser hier sehr hoch ansteigen kann, wenn es mehrere Tage hintereinander geregnet hat. Nicht nur hier, flussaufwärts auch. Beinahe bis dorthin, wo wir mit dem Abstieg begonnen haben. Dann solltest du auf keinen Fall herkommen. Okay?"

Dieser Mann achtete wirklich sehr darauf, sie mit allen notwendigen Informationen zu versorgen, wahrscheinlich hatte er verstanden, wie entdeckungsfreudig Hazel war. „Möchtest du dem netten Mann nicht antworten?", fragte sie, als ihre Tochter nichts erwiderte.

Hazel seufzte schwer und nickte. „Versprochen." Ihr Blick suchte erneut den seinen. „Und wenn ich etwas verspreche, dann halte ich es auch."

Dustin grinste. Er hatte eine besondere Art an sich und es war offensichtlich, dass er Hazel gefiel. Sydney fragte sich, ob er sie an ihren Daddy erinnerte. Sie verwarf diesen Gedanken und blickte von Hazel zu ihm. „Danke nochmal. Und sei vorsichtig; solltest du hineinfallen, während wir hinaufsteigen, dann ruf einfach nach uns."

„Ich werde nicht hineinfallen. Ich bin schon oft über diesen Baum gelaufen."

Hazel sah ihn mit strahlenden Augen an. „Ich werde wie versprochen nicht alleine hinüberlaufen. Aber vielleicht kommst du eines Tages her und gehst mit mir gemeinsam?"

„Das hängt davon ab, was deine Mutter dazu sagt. Und nur, wenn du auf Anweisungen hörst.“

Hazel stemmte eine Hand in die Hüfte. „Ich höre auf Anweisungen. Mein Daddy hat mir das Wandern beigebracht und darauf, seinen Anweisungen zu folgen, deswegen kann ich das gut.“

Er lächelte, dann wurde sein Blick unvermittelt weicher, wahrscheinlich war ihm klargeworden, wie viel ihr Daddy Hazel bedeutete. Sydneys Herz zog sich zusammen. „Sie hat recht. Sie ist wirklich gut darin. Außerdem ist nicht sie den Hügel hinabgestürzt – das war ich.“

„Okay, abgemacht, eines Tages werde ich unter Aufsicht deiner Mutter mit dir über den Baumstamm und zurück laufen.“

Das Lächeln, das sich schlagartig auf dem Gesicht ihres kleinen Mädchens ausbreitete, traf sie mit voller Wucht ins Herz. Ihre Worte taten ein Übriges.

„Super. Ich freue mich schon darauf. Du wirst sehen, dass ich schnell lerne und, ehrlich gesagt, alles kann. Zumindest hat mein Vater das immer gesagt – wenn ich vorher lerne, wie man es macht.“

Die letzten Worte noch auf den Lippen, zwinkerte ihre Tochter dem Cowboy zu, dann drehte sie sich um und begann mit dem Aufstieg. Überrascht starrte

Sydney ihrer Tochter nach, als sie ihren Blick schließlich von Hazel abwandte, begegnete sie Dustins Blick.

„Sie ist ein tolles Kind. Ich habe keine Kinder, war nie verheiratet. Falls ich jemals Kinder haben sollte… nun, sie ist großartig und ich wäre wirklich stolz auf ein Kind wie sie. Ich bin mir sicher, ihr Daddy ist sehr stolz."

Bei seinen Worten traten Sydney Tränen in die Augen. „Ja, er wäre stolz auf sie und ich bin es ebenfalls. Wie auch immer." Sie wischte sich die Tränen von den Wangen.

Sein Blick hielt ihren fest. Er blinzelte und trat dann zurück. „Okay, ich gehe jetzt. Bis bald."

„Danke nochmal." Dann drehte sie sich um und eilte ihrer Tochter hinterher, die den Pfad hinauflief, als wäre er ebenerdig.

Als sie sie schließlich einholte, betrat Hazel gerade das Plateau und warf ihr über die Schulter hinweg einen Blick zu. Sydney war froh, sie eingeholt zu haben, auch wenn sie schwer atmete.

„Hast du dich etwas sportlich betätigt? Das ist gut, schließlich hast du gesagt, dass du endlich mal wieder etwas trainieren solltest. Und wenn du gelaufen oder gerannt bist, bist du immer guter Laune."

„Du hast recht, das hat mir gutgetan." Sie warf einen Blick über die Schulter und sah Dustin auf der anderen Seite des Flusses stehen, sein Pferd kam gerade den Pfad entlang und hielt dann neben ihm. Dustin stellte einen Stiefel in den Steigbügel und schwang sich anmutig in den Sattel. Anschließend blickte er in ihre Richtung. Sie hob die Hand und er tat dasselbe; dann drehte sie sich um und folgte ihrer Tochter nach Hause.

KAPITEL VIER

„Ich sage euch, wie wir es machen." Josie Jane Willis kletterte hinter das Steuer ihres Autos, während ihre beste Freundin Ruby Mulberry auf den Beifahrersitz glitt und die große, schlanke Millie Watts auf dem Sitz hinter Ruby Platz nahm.

Millie war nicht wie sie und Ruby Anfang sechzig, sondern etwa fünfzehn Jahre jünger. Aber auch sie wollte Sydney in der Stadt willkommen heißen und ihr und ihrer Tochter auf jede erdenkliche Weise helfen, in dem großen Haus anzukommen.

Josie Jane sah in den Rückspiegel und grinste Millie an. „Wir sind das offizielle Begrüßungskomitee und werden versuchen, sie davon zu überzeugen, in dem perfekt dafür geeigneten Haus ein Bed & Breakfast zu eröffnen, wenn sie nicht abgeneigt ist."

Millie stützte sich mit einer Hand am Vordersitz ab und beugte sich vor. „Ich habe so ein Gefühl, dass sie das tun will. Ich habe während der Tanzveranstaltung mit ihr gesprochen und da meinte sie, dass ihr die Idee gefiele und sie sich alles ansehen würde. Manch einer würde nun denken, dass sie sich nur das Haus ansehen wolle, in dem sie mit ihrer Tochter, einem wirklich entzückenden kleinen Mädchen, leben wird. Aber ich bin mir ziemlich sicher, dass sie daran dachte, aus dem Haus ein Bed & Breakfast zu machen. Ihr wisst, dass sie alleinerziehend ist und ihren Mann verloren hat, oder? Wie lange ist das her – zwei oder drei Jahre?"

„Ja, so in etwa. Das Haus ist großartig, um ein kleines Mädchen darin aufzuziehen. Wenn sich ihr die Möglichkeit bietet, ihr eigenes Unternehmen zu führen und gleichzeitig zu Hause zu sein, wird sie diese bestimmt ergreifen, denke ich. Auch wenn sie, so wie ich es verstanden habe, nicht unbedingt einen Job braucht, bei all dem Geld aus der Ölförderung, das ihr Großvater ihnen vererbt hat. Es ist so ähnlich wie bei den Buckleys."

Josie Jane nickte, während Millie ihren Gurt einschnappen ließ. „Soweit ich weiß, hat er dafür gesorgt, dass es ihnen gutgeht. Ich sag es euch, das Öl hat einige Bewohner unserer Stadt in eine wirklich gute Lage versetzt. Die Buckleys zum Beispiel, denn das Land gehört ihnen schon so lange, dass sie alle Rechte daran besitzen und ihnen niemand das Öl streitig machen kann, bei Sydneys Großvater Johnny war es genauso. Sie alle haben hart gearbeitet und die Pumpen fördern unermüdlich Öl. Auch wenn ich das nicht recht verstehe – viele Ölpachtverträge laufen aus, aber die hier bei uns in der Gegend laufen einfach weiter. Allerdings könnte es kaum wundervollere Menschen als Sydney und ihr entzückendes kleines Mädchen treffen, gleiches gilt für die Buckley-Jungs… Buckley-*Männer*. Ich kenne sie schon seit ihrer Geburt und manchmal sehe ich in ihnen immer noch die jungen Kerle, die das Ranchleben lieben, obwohl sie längst erwachsene gutaussehende Männer sind. Wie auch immer, wir alle haben schon gearbeitet, weil wir Geld brauchten, doch es hat auch immer wieder Zeiten gegeben, da ging es eher um den Spaß daran und weil es natürlich auch nie schlecht ist, ein zusätzliches Einkommen zu haben für den Fall, dass etwas schiefgeht und man einen Plan B braucht. Außerdem sind wir alle gern unter Menschen. Meine Mutter hat es geliebt, den ganzen Tag zu Hause zu verbringen, als sie älter wurde, und ich habe mich für sie gefreut. Ich hingegen… ich kann mir nicht vorstellen, meinen Laden jemals zu schließen."

„Ich weiß, was du meinst", sagte Ruby. „Mein Red und ich, wir lieben unser Lokal und unsere Stammgäste und natürlich auch die neuen Besucher, die nur gelegentlich vorbeischauen."

„Mir geht es genauso", fügte Millie hinzu. „Ich habe mein Rodeo-Leben geliebt, aber nachdem ich meinen Hank an sein geliebtes Bullenreiten verlor, konnte ich nicht mehr damit weitermachen. Zum Glück habe ich hier bei euch ein neues, glückliches Leben gefunden."

„Das mit Hank hat uns allen sehr leidgetan, aber wir freuen uns, dass du nun ein Teil unserer lustigen Aktivitäten an der Main Street bist." Josie Jane lächelte ihrer Freundin im Rückspiegel zu. Diese war bis zu jener schrecklichen Nacht, in der ihr Mann gestorben war, eine Meisterin des Barrel Racing gewesen, bei dem es darauf ankam, mit seinem Pferd möglichst schnell eine gewisse Anzahl an Tonnen oder Fässern zu umrunden. Inzwischen war sie zu einer allseits beliebten Einwohnerin der Stadt geworden. „Wie ihr wisst, hat Arabella vor, ihre Bäckerei zu verkaufen, aber sie will nicht den ganzen Tag zu Hause rumsitzen, deswegen wird sie sich wahrscheinlich in der Kirche engagieren und oft in meinem Laden sitzen und stricken. Wie die anderen Damen, die das auch jetzt schon tun. Aber Arabella möchte ihr Geschäft nicht einfach aufgeben – sie würde es gern verkaufen, will, dass es jemand weiterführt und hofft, dass jemand Neues in die Stadt zieht und es übernimmt. Wie auch immer, ich hoffe sehr, dass es uns mit unseren Tanzveranstaltungen und dem hoffentlich bald entstehenden B&B gelingt, eine jüngere Frau vom Potential dieser Stadt zu überzeugen, die ihr die Bäckerei abkauft. Potential – darauf baue ich… denn wie du gesagt hast, Millie, Sydney ist auch hier, um etwas auf die Beine zu stellen, indem sie das B&B eröffnet."

„Ja, das hoffe ich auch", fügte Ruby hinzu. „Auf geht's also, lassen wir ihr alle Ermutigung zuteilwerden, die sie braucht, um das zu tun. Wie ihr wisst, hat Jonny ihr das Haus hinterlassen, weil er der Meinung war, dass es ihr einen guten Platz bieten würde, um ein neues Leben zu beginnen, nachdem sie ihren Mann verloren hat. Und einen Ort, an dem Hazel aufwachsen kann – das kleine Mädchen hat es früher immer geliebt, herzukommen und Zeit mit ihrem Großvater zu verbringen."

Das Haus befand sich ganz in der Nähe des Stadtzentrums, sie folgten einer schmalen, kurvenreichen Straße und nach der letzten Kehre hatten sie das hübsche, große Haus vor sich. Vor ein paar Wochen hatten sie es sich schon einmal angesehen. Ruby hatte Überlegungen angestellt, dass sie und Red es vielleicht erwerben und ein B&B daraus machen könnten, doch zusätzlich zu ihren ohnehin schon übervollen Arbeitstagen im Diner war das nicht zu bewerkstelligen. Es hatte nicht mehr als einen Blick und ein paar ernsthafter Gedanken bedurft, um Ruby davon zu überzeugen, dass sie diesen Pfad nicht einschlagen wollte. Josie Jane wusste, dass sie weder die Zeit noch die Energie hatte, um dieses Vorhaben zu stemmen. Doch ihnen war klargewesen, dass es laufen würde. Ihre kleine Stadt war bei Wochenendgästen beliebt und mit den nun einmal im Vierteljahr oder vielleicht sogar monatlich stattfindenden Tanzveranstaltungen… nun, wer wusste, was noch kommen mochte. Ihre Pläne bereiteten ihnen viel Freude und dieses Haus wäre großartig als B&B. Für diesen Monat hatten sie nichts geplant, da West Buckleys Hochzeit mit Genna, der Besitzerin des Bekleidungsgeschäfts, bevorstand.

All das war geschehen, weil Audrey, eine Kundin von Gennas Online-Shop, in die Stadt gekommen war, um sich deren neu eröffneten Laden anzusehen und sich mit Genna fotografieren zu lassen. Anschließend hatte Genna dieses Foto wie viele andere zuvor auf ihrer Website hochgeladen. Sie war nicht die Erste, die das neue Geschäft zum Anlass genommen hatte, in die Stadt zu kommen. Es war ein wenig verrückt, wie es Genna gelungen war, mit ihrem Geschäft mit den Hartholzböden neue Leute in die Stadt zu bringen, nachdem es den Shop zuvor nur online gegeben hatte. All das war ins Rollen gekommen, als Genna entschieden hatte, sich in dieser Stadt niederzulassen und hier ein Geschäft zu eröffnen. Als nächstes hatte Audrey gefragt, ob in der Stadt Tänze stattfinden würden. Daraufhin hatten sie einen organisiert, zu dem Audrey mit ihrer Tochter gekommen war. Inzwischen arbeitete Jasmine für Genna, sodass diese entspannt in die Flitterwochen fahren konnte, während Jasmine über ihren Laden wachte.

War es möglich, dass dies zu einer Art Trend wurde und alleinstehende Frauen in ihre kleine Stadt kamen um hier ihr Glück und einen Partner fürs Leben zu finden? Die Einwohner der Stadt hofften es jedenfalls und ein B&B käme da sehr gelegen.

Josie Jane lächelte, als sie an all die aufregenden Möglichkeiten dachte, die eine solche Entwicklung mit sich bringen würde. An jenem Abend hatte sie die Cowboys in der Stadt beobachtet und das Lächeln auf ihren Gesichtern gesehen, wenn sie die Damen zum Tanzen aufforderten. Sie alle schienen sehr viel Spaß gehabt zu haben. Den hatten sie auch, wenn keine Neuankömmlinge anwesend waren, aber da es um neue Gesichter nicht gut bestellt war, waren romantische Verwicklungen rar. Diese neue Art der Veranstaltung, zu der jeder ihrer Kunden und deren Familien kommen konnten, hatte sich als großartige Neuerung erwiesen. Der Gedanke daran, dass die Singles der Stadt die Möglichkeit bekamen, einen Partner zu finden und ihre

Kinder hier großzuziehen, inspirierte und motivierte sie. Josie Jane wusste, woran sie war, denn auch ihre Enkeltochter hatte hier bei einer Tanzveranstaltung die Liebe ihres Lebens gefunden, was sie erst so richtig für diese Idee erwärmt hatte.

Was sie an diesem Punkt dringend brauchten, war ein B&B, damit mehr Besucher übers Wochenende oder sogar für länger kommen konnten. Sie lächelte, als sie das hübsche Haus erblickte und dann in die Einfahrt einbog.

„Es ist so ein wunderschönes Gebäude", sagte Millie. „Das fand ich schon immer, trotzdem es länger nicht bewohnt wurde, strahlt es diese Schönheit aus."

„Ja, das stimmt, es wird ein fantastisches B&B abgeben", gurrte Ruby und rieb die Hände aneinander, während sie erst Josie Jane neben sich und dann Millie auf dem Rücksitz ein Lächeln zuwarf. „Als wäre es vorherbestimmt. Also, los, auf meine Damen. Reden wir mit Sydney."

Gleichzeitig verließen sie den Wagen und drei Autotüren schlugen nacheinander zu, wie eine Trommelsequenz, die den großartigen Film einleitete, der sogleich begänne. Josie Jane lächelte bei diesem Gedanken. *Ganz genau. Dies war der Beginn eines großartigen Films... vielleicht, wer wusste das schon, sogar eines Liebesfilms.* So viele Cowboys lebten in der

Stadt, es wäre einfach perfekt. Sie behielt ihren Gedanken für sich, wusste aber mit jeder Faser ihres Körpers, dass es das wäre.

Während sie den Bürgersteig entlanggingen, öffnete sich die Haustür und gab den Blick auf die reizende Sydney frei. Ihr glänzendes, schwarzes Haar war schulterlang geschnitten, sodass es ihr nur gerade so über die Schultern reichte, wenn sie den Kopf zur Seite neigte, wie sie es in diesem Augenblick tat. Sie warf ihnen ein Lächeln zu, ein Lächeln, das so bezaubernd war, dass Josie Jane einfach wusste, dass es in dieser Stadt einen Cowboy geben musste, der für sie bestimmt war. Einer, der für sie da sein würde, wenn die Zeit reif war, wenn der durch den Verlust ihrer großen Liebe entstandene Schmerz verheilt und sie wieder bereit für eine neue Liebe war. Wenn es so vorherbestimmt war. Auch sie hatte ihren Mann vor ein paar Jahren verloren und trotzdem es unendlich schwer gewesen war und sie lange nicht aus ihrer Traurigkeit herausgefunden hatte, so hatte sie diese Zeit doch mit viel Unterstützung aus ihrer wunderbaren Stadt überstanden. Sie hatte nie ernsthaft in Betracht gezogen, erneut zu heiraten, aber sie hatte auch das Glück gehabt, viele Jahre mit ihrem Mann verbringen zu dürfen. Dieser wundervollen Frau waren nur sechs Jahre mit ihrem Mann vergönnt gewesen, bevor dieser zu Tode gekommen war. Ihre Tochter war erst fünf Jahre alt gewesen, als er starb, inzwischen war sie acht.

In diesem Moment streckte Hazel ihren Kopf hinter dem Rücken ihrer Mutter hervor, warf ihnen ein breites Grinsen zu und sprang dann hinter ihr hervor.

„Hallo, ihr. Kommt rein. Tritt einen Schritt zurück, Mama, und lass sie rein." Sie stemmte die Hände gegen die Hüften ihrer Mutter und Sydney lachte, während sie zur Seite wich.

„Ja, bitte kommt rein. Hazel hat sich schon den ganzen Morgen darauf gefreut, euch zu sehen. Wir waren in der Kirche und haben gearbeitet, seit wir nach Hause gekommen sind, konnten es aber kaum abwarten, dass ihr kommt. Ihr versüßt ihr den Tag."

Sie folgten ihnen ins Haus, während Hazel unentwegt vor sich hin schwatzte, wie viel Spaß sie gehabt hatte, seit sie vor zwei Tagen angekommen waren. Bevor noch irgendjemand fragen konnte, was sie erlebt hatte, setzte sie dazu an, vom Abenteuer des Vortages zu erzählen.

Sie kamen in die Küche, Josie Jane blieb an der Theke stehen und blickte Hazel an. „Also, was ist bei deinem Abenteuer geschehen?"

Alle Augen richteten sich auf Hazel, die die Umstehenden angrinste. Sie warf ihrer Mutter einen raschen Blick zu und als diese eine Grimasse schnitt und amüsiert kicherte, begann Hazel ihre Geschichte zu erzählen. Sie gestikulierte wild mit den Armen und ihr Gesicht erhellte sich, als würde sie ein Theaterstück aufführen. „Ich hatte Lust auf einen Spaziergang, denn früher bin ich mit meinem Uropa immer über die Weide und runter zum Bach gelaufen, dort haben wir aufs Wasser geschaut und Steine hineingeworfen. Mama hat in letzter Zeit viel herumgesessen. Ihr wisst das nicht, aber sie sitzt oft herum und denkt zu viel nach. Ich hatte angenommen, das würde besser werden, wenn wir herziehen. Ich weiß, dass sie an meinen Daddy denkt und ich selbst denke auch oft an ihn, aber ich weiß, dass er wollen würde, dass ich etwas unternehme und Spaß habe. Ich versuche es. Aber Mama saß auf der Veranda und blickte so traurig drein, dass ich beschloss, mit ihr zum Fluss zu gehen, um dort ein Abenteuer zu erleben. Sie willigte ein.

Wir gingen über die Weide und dann zwischen den Bäumen hindurch zum Fluss hinab, bis wir eine schmale Stelle fanden, an der wir stehen konnten. Wir waren noch weit vom Wasser entfernt. Mama griff nach einem Stein und warf ihn ins Wasser, ich machte es ihr nach und sie umarmte mich. Und dann ging alles ganz schnell, im nächsten Augenblick rollte sie rücklings den Hügel hinab und flog durch die Luft, bevor sie in den Bach fiel und unterging."

Josie Jane schnappte ebenso wie Millie und Ruby nach Luft, doch davon völlig unbeeindruckt fuhr Hazel mit ihrer Geschichte fort.

„Ich begann zu schreien und suchte mit meinen Augen die Umgebung nach einer Möglichkeit ab, zu ihr zu gelangen. Auf einmal vernahm ich ein Geräusch und als ich in die richtige Richtung schaute, erblickte ich einen Mann, der durch den Fluss auf sie zu schwamm. Mama kam genau in dem Moment wieder an die Wasseroberfläche, als er sie erreichte. Er packte sie und bewahrte sie vor dem Ertrinken – Mama meint, ihr wäre nichts passiert, aber er hat sie trotzdem festgehalten. Sie gerettet. Er hat etwas zu ihr gesagt und sie haben sich unterhalten, aber ich konnte nicht verstehen, worüber. Dann ist er mit ihr in seichteres Wasser geschwommen und sie sind aus dem Fluss geklettert. Er half ihr, den Hügel hinaufzusteigen. Ich konnte mich nicht bewegen. Es war, als würde ich einen Film sehen. Während des Aufstiegs hat er ihren Arm festgehalten um zu verhindern, dass sie erneut fiel.

Er ist einer von den Buckleys. Er ist mit uns den Hügel hinaufgelaufen und hat uns eine Stelle gezeigt, an der es sicherer ist, Steine zu werfen, falls wir das noch einmal tun wollen. Er und Mama waren tropfnass, und ich selbst bin auch ein bisschen nass geworden, weil ich erst Mama umarmt habe und dann ihn, weil er sie gerettet hat. Er hat uns also diese Stelle gezeigt und dann ist er über einen umgestürzten Baumstamm zu seinem Pferd zurückgekehrt. Das sah sehr lustig aus. Er war gut darin, wie einer dieser Olympia-Teilnehmer, die sich auf diesen dünnen Stangen bewegen, in die Luft springen und dann wieder auf ihnen landen. Ich glaube, er könnte sowas auch machen, so gut war er."

Sie lachte. „Ich wollte auch über den Baumstamm laufen, aber bevor ich es tun konnte, schärfte er mir ein, auf keinen Fall allein rüberzugehen. Er war sehr nett und hat gesagt, dass er das eines Tages mit mir machen würde. Ich habe ihm versprochen, dass ich abwarten und es nicht ohne ihn versuchen würde. Ich kann es kaum erwarten." Sie grinste. „Außerdem will ich ihn fragen, ob ich auf seinem Pferd sitzen darf."

Josie Janes Herz klopfte. „Ich bin überglücklich, dass es dir gut geht, Sydney. Was für ein tolles Abenteuer. Wer war er?"

„Ja, sag es uns", bohrte nun auch Ruby nach.

Millie grinste. „Weißt du seinen Namen?"

Josie Jane sah Sydney an, wie unbehaglich sie sich fühlte und für einen Moment war es ihr unangenehm, dass sie sie so ausfragten. Doch dann lächelte Sydney und Josie Jane entspannte sich ein wenig.

„Es war Dustin Buckley. Wie ihr wisst, hat mein Großvater unser Weideland der Buckley Ranch verkauft. Er hat nach irgendetwas Ausschau gehalten – gerade fällt mir auf, dass ich gar nicht weiß, wonach eigentlich. Wie auch immer, er war auf dem Pfad auf der anderen Seite des Baches unterwegs und hörte mich schreien, als ich den Hügel hinunterrollte. Er passierte mit seinem Pferd eine Kurve, trieb es den Abhang hinunter und sprang mir hinterher. Ich werde ihm für immer dankbar sein. Wäre er nicht dort gewesen, wäre Hazel wahrscheinlich den steilen Hügel hinuntergerannt, auf dem wir gar nicht hätten stehen sollen… worauf er mich aufmerksam gemacht hat – äußerst zuvorkommend allerdings. Es war auf jeden Fall ein Abenteuer und obwohl ich den Hügel hinuntergerollt bin und einen Salto ins Wasser absolviert habe, bin ich äußerst dankbar dafür, dass er mir hinterhergesprungen ist und mich zu meinem süßen Mädchen zurückgebracht hat. Ich bin froh, dass sie mir nicht gefolgt ist. Ich verdanke ihm viel."

Josie Jane hatte es die Sprache verschlagen. Was für eine wunderbare Geschichte – nun ja, sie war in der Tat wunderbar, hätte aber auch ganz anders ausgehen können. Gott sei Dank war es genauso gekommen. Ein bisschen wie in einem Film, wo eine gefährliche Situation den Auftakt zu einer herzerwärmenden Liebesgeschichte bildete. Ihre Gedanken begannen zu wirbeln. *Konnte das funktionieren?* Doch sie hielt den

Mund. Auf keinen Fall würde sie jetzt etwas sagen. Der Ehemann dieser armen Frau war gerade einmal drei Jahre tot, vielleicht noch nicht einmal ganze drei. Sie erinnerte sich daran, wie es ihr gegangen war, als sie ihren geliebten Mann verloren hatte. Drei Jahre waren keine besonders lange Zeit, und doch war es eine schöne Begegnung gewesen.

Ruby ergriff als Erste das Wort. „Wie wunderbar, so wie es Hazel erzählt hat, muss es schön anzusehen gewesen sein. Nicht, dass ich sagen möchte, dass das, was dir zugestoßen ist, wunderbar war. Aber so wie alles gekommen ist, hat es sich doch wunderbar gefügt. Du hast es geschafft, die Szene könnte aus einem Film sein, finde ich."

Hazel lachte laut auf – sie beugte sich nach vorn und schlug sich aufs Knie, so heftig lachte sie. „Ich habe das gleiche gedacht. Ich liebe Filme und solche Dinge habe ich schon ein paarmal gesehen. Ab und zu schaut Mama einen Film, auf einem der Kanäle, die okay sind, und ich setze mich zu ihr. Darin geschehen immer merkwürdige Dinge, wie bei uns. Ihr wisst, was ich meine."

„Ja, das tun wir", sagte Josie Jane, während sie gegen das in ihr aufsteigende Lachen ankämpfte, weil das kleine Mädchen alles auszusprechen schien, was ihr in den Sinn kam. Wie entzückend.

„Okay, meine Damen“, sagte Sydney, das Gespräch an sich ziehend. „Jetzt, wo wir die Geschichte von gestern zur Genüge besprochen haben, und ich weiß, dass er ein großartiger Kerl ist, der zum Glück nicht verletzt wurde, als er mich rettete, lasst uns beginnen. Und ja, ich werde ihm gestatten, mit Hazel über diesen Baumstamm zu gehen, denn er erweckte wirklich den Anschein, als wüsste er, was er täte. Außerdem hatte ich den Eindruck, er würde sich gut um Hazel kümmern. Er hat einen ausgezeichneten Gleichgewichtssinn und es war…“ Unvermittelt biss sie sich auf die Lippe und wirkte etwas unbehaglich, als hätte sie begriffen, was sie gerade sagte. „Nun, sagen wir einfach, er sah aus, als könnte er alles überqueren, was er sich vornähme, auch wenn ich nicht so weit gehen würde wie du, Hazel, und sagen würde, dass er ein Rad darauf schlagen könnte.“

Alle lachten, und Hazel johlte vor Lachen und grinste ihre Mutter an. Josie Jane gefiel der Anblick der beiden und sie genoss es, Zeuge dieses fröhlichen Austauschs zwischen Mutter und Tochter zu werden.

„So, meine Damen, seid ihr bereit, mir zu helfen? Hier in der Küche könnte ich die meiste Hilfe gebrauchen. Wie ihr seht, haben die Umzugshelfer die Kisten hierhergestellt und die wenigen Möbel, die wir mitgebracht haben, in die Zimmer gebracht. Ich werde die Sachen meiner Großeltern durchsehen und entscheiden, was wir behalten und wovon wir uns trennen werden. Das wird schwer, und ich werde es erst tun, wenn wir uns schon etwas eingelebt haben. Heute werden wir uns der Küche widmen. Mit diesem Raum verbinde ich viele Erinnerungen. Meine Großmutter hat immer wunderbare Gerichte gekocht. Frühstück mochte sie am liebsten. Ich habe ihre Rezepte drüben in einer Schublade und werde sie demnächst an Hazel auszuprobieren beginnen."

„Lecker! Sie hat immer gekocht, wenn ich hier war, und ich habe alles geliebt, was sie mir gemacht hat."

Das weckte Josie Janes Interesse. „Wenn du, nun ja, *falls* du aus diesem schönen Haus ein Bed and Breakfast machen würdest, wäre es perfekt, wenn du einige der Rezepte deiner Großmutter zubereiten könntest. Sie war eine hervorragende Köchin."

Ruby nickte und gab ein Grunzen von sich. „Oh ja, das war sie. Meine Güte, ich kann mich noch gut daran erinnern, wie köstlich ihr Essen war."

„Das muss damals gewesen sein, als ich immer unterwegs war, bei den Rodeos. Aber ich glaube, ich kannte sie auch nicht allzu gut." Millie kicherte. „Ich wollte nicht so damit herausplatzen, um nicht unhöflich zu sein, aber ich bin ein paar Jahre jünger als die anderen beiden Mädels hier, deswegen kannte ich deine

Großmutter nicht so gut, auch wenn ich wünschte, es wäre anders gewesen. Es klingt, als wäre sie eine bemerkenswerte Frau gewesen. Sie klingt wunderbar. Ich weiß, wie sehr dein Großvater sie liebte. Und, nun ja, ich verstehe es – das tun wir alle, schließlich haben wir alle die Männer geliebt, die wir geheiratet haben, auch wenn Ruby die Einzige ist, die noch mit ihrem lieben Ehemann gesegnet ist."

Sydney streckte eine Hand aus und legte sie auf Millies Arm. „Ja ich verstehe das. Es ist schwer, die zu verlieren, die wir lieben. Ob das nach wenigen Jahren geschieht wie in meinem Fall oder nach einer langen, wunderbaren Ehe wie bei Josie Jane. Ihr wisst also, dass ein Neuanfang nicht immer leicht ist." Sie hielt inne, als sie dem Blick ihrer Tochter begegnete. „Doch dann wird man an die Segnungen des Lebens erinnert, Segnungen, wie dieses süße kleine Mädchen dort… ihr Daddy weist mich immer wieder darauf hin, wie gesegnet ich bin. Er ist immer an meiner Seite, während ich unser geliebtes kleines Mädchen großziehe."

Hazel durchquerte den Raum und warf ihre Arme um die Taille ihrer Mutter und drückte sie fest.

Josie Janes Herz schwoll vor Liebe für die beiden an.

„Ich liebe dich, Mama, und ich weiß, dass Daddy immer noch bei uns ist. Dass er zu uns herabschaut und gerade äußerst glücklich ist." Sie blickte zu ihrer Mama auf und lächelte, und ihre Mutter erwiderte die Geste. „Wir beide werden ihn noch glücklicher machen, denn wir werden Spaß haben und in dieser wunderbaren Stadt mit all diesen netten Menschen ein gutes Leben haben." Sie grinste einen nach dem anderen an.

Als Josie Jane den Blick schweifen ließ, sah sie, dass alle Tränen in den Augen hatten. Oh, was für eine wundervolle Szene: dieses junge Mädchen, das wusste, dass es ihren Daddy unheimlich glücklich machen würde, wenn sie und ihre Mama ein gutes Leben führten.

KAPITEL FÜNF

„Du wirkst irgendwie abgelenkt heute", meinte West, Dustins Bruder.

Sie hatten im alten Ranchhaus Mittag gegessen, in dem Haus, in dem West nun lebte und die Ziegen züchtete, die ihre Großmutter so sehr geliebt hatte. Sie waren von Ziegen umgeben: großen und kleinen, ausgewachsenen und noch ganz jungen. Er hatte die anderen auf der Veranda zurückgelassen, wo sie saßen, Tee und Kaffee tranken, sich unterhielten und den Ziegen beim Spielen zusahen. Ein ganz normaler Sonntagnachmittag. Er war hergekommen, weil er abgelenkt war und Gedanken in seinem Kopf umherschwirrten. Er beobachtete eine Ziege, die auf einem Brett balancierte, das wie eine Wippe auf ein rundes Holzfass genagelt war. Nicht weit entfernt standen die beiden Esel, auf die die Ziegen gerne sprangen, um auf ihnen herumzuhüpfen, so als würde es sich bei ihnen um ein paar der Fässer handeln, auf denen sie stundenlang herumkletterten. Doch seine Aufmerksamkeit galt nicht den spielenden Tieren; er dachte an die Geschehnisse des vergangenen Tages.

„Ja, du hast recht, ich bin abgelenkt, aber ich wollte nichts sagen. Wollte nicht so mit der Tür ins Haus fallen."

West steckte die Hände in die Hosentaschen und beobachtete die kleinen schwarz-weißen Ziegen, die ihm gefolgt waren und um ihn herumtobten. Sie bockten, sprangen übermütig umher und stellten ihre Hufe auf seine Knie, bevor sie wieder von ihm abließen, weil andere Ziegen ihren Platz einzunehmen versuchten. Im Anschluss jagten sie sich gegenseitig übers Gelände.

Er beobachtete sie ebenfalls, dann blickte er zurück zu West.

„Also, Dustin, was ist gestern geschehen, das dich so ablenkt? Du scheinst in einer anderen Welt zu sein. Ist es etwas Gutes oder etwas Schlechtes? Ich hoffe, dass es etwas Positives war, aber wissen kann ich es natürlich nicht."

Dustin zuckte mit den Schultern und schenkte ihm ein leichtes Lächeln. „Ich denke, das hängt davon ab, wie man es betrachtet. Ein glücklicher Zwischenfall, ich bin froh, dass ich in der Nähe war."

„Was ist passiert?"

Er seufzte. „Ich bin dorthin geritten, wo die beiden Kühe getötet und gefressen wurden. Ich weiß, ihr denkt alle, Kojoten hätten das getan. Aber ich glaube, es war etwas anderes. Ein Berglöwe. Aber darum geht es gar nicht. Ich war also dort, habe euch nichts gesagt, weil ich erstmal meine Vermutung überprüfen wollte. Ich war auf der anderen Seite des Baches, der zu Johnnys Haus führt. Du weißt wahrscheinlich, dass seine Enkelin letztes Wochenende mit ihrer Tochter dort eingezogen ist. Deshalb bin ich rausgeritten. Ich wollte nicht, dass sie dort herumlaufen und vielleicht ein Berglöwe in der Nähe lebt. Berglöwen streifen nicht oft tagsüber herum und greifen normalerweise auch keine Menschen an, aber manchmal tun sie es eben doch. Ich fand einfach, es sei besser, dem auf die Spur zu gehen, nur für den Fall, dass es nicht das ist, was alle denken."

„Du denkst also wirklich, dass es ein Berglöwe war? Du könntest recht haben, wenn ich so darüber nachdenke, auch wenn ich nur Spuren von Kojoten gesehen habe. Es ist so lange her, dass wir einen hier hatten, deswegen ist es mir gar nicht in den Sinn gekommen."

„Eben. Aber darüber können wir später reden. Ich war also dort und wollte gerade mit meinem Pferd den

Abhang hinunterreiten; ich wich verdorrtem Gestrüpp aus und hielt am Verlauf des Baches nach Orten Ausschau, an denen sich ein Berglöwe verstecken würde. Auf einmal vernahm ich ein Platschen und als ich um die nächste Kurve ritt, sah ich eine Frau mit ihrer Tochter. Sie standen auf der anderen Seite des Wassers, etwa auf halber Höhe eines Hügels, auf einem schmalen Vorsprung und warfen Steine ins Wasser. Die Mutter warf einen, sie lachten und hatten Spaß. Dann warf auch das Mädchen und die Mutter beugte sich nach unten und umarmte sie. Als sie sie losließ, trat sie einen Schritt zurück und der Boden unter ihren Füßen gab nach. Sie stürzte rückwärts den Hügel hinab, landete dann wie ein Ball an der Felskante und stürzte mitten ins Wasser. Natürlich war ich zu diesem Zeitpunkt bereits unterwegs; ich brachte mein Pferd so dicht wie möglich an jene Stelle und sprang dann ebenfalls ins Wasser."

Erneut spürte er die Angst, die er in diesem Augenblick empfunden hatte. „Als ich sie erreichte, ging es ihr den Umständen entsprechend. Ich half ihr zum Ufer zurück und brachte sie zu ihrer Tochter. Das arme Mädchen war ganz aufgewühlt und beobachtete alles. Ich muss immer daran denken, was hätte geschehen können, wenn ich nicht dort gewesen wäre und die Mutter sich beim Aufprall den Kopf angeschlagen hätte und ohnmächtig ins Wasser gefallen wäre. Das Mädchen, Hazel, hätte womöglich versucht, den Hügel hinab zu ihrer Mutter zu gelangen und alles hätte sehr viel schlimmer ausgehen können. Ich bin so dankbar, dass ich dort war. Ihr geht es gut und auch sie war froh über meine Anwesenheit.

Ich habe ihr den Hügel hinauf zurück zu ihrer Tochter geholfen. Die beiden umarmten sich, es war wirklich rührend." Er seufzte. „Nun, ich kann sagen, dass ich für immer froh sein werde, dort gewesen zu sein. Auch Hazel war froh, dass ich ihrer Mutter geholfen hatte. Ich habe mitangesehen, wie sie miteinander gesprochen haben, so liebevoll, um dann in Erinnerungen an ihren Ehemann und Vater zu schwelgen… es war nicht zu übersehen, dass sie noch immer um ihn trauern.

Ich habe ihnen gesagt, dass ich mit ihnen den Hügel hinaufgehen und ihnen eine Stelle zeigen würde, an der sie beim nächsten Mal sicherer wären, wenn sie Steine werfen wollen. Außerdem musste ich noch über das Wasser hinüber, um zurück zu meinem Pferd zu kommen. Als Hazel klarwurde, was ich tun wollte, strahlte sie vor Aufregung und wollte, dass ich sie mitnahm. Ich habe ihr eingeschärft, es auf keinen Fall allein zu versuchen und versprochen, eines Tages mit ihr zusammen den Fluss zu überqueren. Ihre Mutter war äußerst dankbar, dass ich mich um Hazel kümmerte. Aber West, du kannst dir nicht vorstellen, wie begeistert das Mädchen von der Aussicht war, über diesen Baum zu laufen."

„Wow. Was denkst du?"

„Nun, sie hat ihren Vater verloren und man kann sehen, wie hart sein Verlust noch immer für ihre Mutter ist. Aber aus der Unterhaltung der beiden wurde klar, dass das Mädchen daran glaubt, seinen Vater stolz zu machen, wenn es Spaß hat und Abenteuer erlebt. Es ist mir nicht gelungen, dies aus meinen Gedanken zu verbannen. Ich habe sie heute Morgen kurz in der Kirche gesehen, aber ich kam recht spät und es standen bereits eine Menge Leute um sie herum. Ich habe nur kurz die Hand gehoben und gewunken, als sie zu mir herübergesehen hat."

„Hast du sie angelächelt? Und reden wir über die Mutter oder das Mädchen?"

„Die Mutter, und ja, ich habe sie angelächelt. Aber weißt du, ich wollte es nicht übertreiben. Die arme Frau hat viel durchgemacht."

„Du interessierst dich für sie."

Dustin seufzte. „Ja, und das sollte ich besser nicht. Sie ist noch nicht so weit, sich wieder für jemanden zu interessieren und nun ja, ich habe sie gerade erst kennengelernt und bin froh, dass ich dort war. Hör mal, vergiss, was ich gesagt habe. Ich bin hier und kämpfe ein bisschen mit mir, aber ich werde darüber hinwegkommen. Ich habe mit angesehen, wie ihr euch verliebt habt, du und Genna, und ich habe es genossen. Ihr habt in mir das Bewusstsein geweckt, dass es schön wäre, eine Partnerin zu finden. Eine Frau, die ich eines Tages lieben werde. Jemanden, mit dem ich das Leben genießen kann, so wie ihr es tut und für den Rest eures Lebens tun werdet." Er seufzte und sah wieder zu den fröhlich umhertollenden Ziegen.

„Das wird sich finden", sagte West.

„Es ist merkwürdig, ich habe gerade erst darüber nachgedacht, dass es an der Zeit sein könnte, mich auf die Suche nach einer Partnerin zu machen und kurz darauf treffe ich diese Frau, die nicht auf der Suche ist und fühle mich zu ihr hingezogen. Ich meine, West, du und ich, wir wissen beide, dass wir uns immer wieder zu Mädels hingezogen fühlten, aber ich habe das noch nie so stark empfunden wie für diese schöne Frau mit dem strahlenden Herzen. Du hättest sehen sollen, wie sie ihr kleines Mädchen ansah."

Er seufzte. Mehr konnte er nicht sagen. Darüber zu reden, machte es nur noch schmerzhafter. Er fühlte sich schlecht, weil er so fühlte. Ganz offensichtlich hatte diese Frau ihren Ehemann von ganzem Herzen geliebt, und er würde nichts tun, das den Anschein erwecken konnte, er würde sich in ihre Gefühle drängen. „Ich muss mich von ihr fernhalten. Muss diese ersten aufkeimenden Gefühle unterbinden. Bitte behalte für dich, was ich dir gerade erzählt habe. Ich möchte nicht, dass irgendjemand denkt, ich würde dieser armen Frau nachstellen, die die Liebe ihres Lebens verloren hat. Das klingt schrecklich und ich möchte keiner dieser Typen sein."

West legte eine Hand auf Dustins Schulter und drückte sie. „Sieh mal, du bist niemand, der sich Hals über Kopf in jede Geschichte stürzt. Seit dem College bist du meiner Meinung nach eher vorsichtig gewesen, wenn es darum ging, Frauen kennenzulernen. Die Gefühle stehen dir deutlich ins Gesicht geschrieben, während du mir das erzählst, und ich kann an deinem Gesichtsausdruck und deinen Augen sehen, dass es hart für dich ist. Ich kann nur sagen, komm schon, Bruder, sei du selbst. Verkriech dich nicht und ignoriere sie nicht. Das wäre unhöflich. Du hast ihre Tochter kennengelernt und die ist dir dankbar, dass du ihre Mutter gerettet hast. Wenn du sie nun meidest, könntest du ihre Gefühle verletzen. Und soweit ich das beurteilen kann, ist dies das letzte, was du tun möchtest: die Gefühle eines kleinen Mädchens verletzen, das seinen Vater verloren hat.

Unterlass einfach Annäherungsversuche und dergleichen. Du bist stark, sei du selbst, ohne dich ihr anzunähern. Sei ein Freund. Sie sind in das Haus gezogen und wir werden in der Nähe unsere Rinder weiden. Und wenn du denkst, dass da draußen eine große Wildkatze herumstreunt, dann müssen wir uns darum kümmern und sicherstellen, dass sie verschwindet, zu ihrer Sicherheit. Wenn du mich brauchst, reite ich mit dir raus. Wahrscheinlich würden wir alle gut daran tun, nach dem Tier zu suchen."

„Ja, du hast recht."

„Ja. Denn wir wollen auf keinen Fall, dass Hazel etwas geschieht, wenn sie draußen herumstromert."

Dustin dachte über jedes Wort nach, das sein Bruder gesagt hatte. Er hatte schon immer stark gefühlt. Im College hatte er eine ziemlich schlechte Erfahrung gemacht. Das Mädchen, das er geliebt hatte, hatte ihn einfach abserviert. Wests zukünftige Frau Genna hatte etwas Ähnliches durchgemacht. Er dachte einen Moment darüber nach. Manchmal mochte es hilfreich sein, abserviert worden zu sein, zumindest wenn es einem anschließend gelang, seinen Platz im Leben zu finden. Er war äußerst dankbar für den Umstand, dass Genna beschlossen hatte, ihr Leben in die Hand zu nehmen und in ihre Stadt zu ziehen. Sie hatte seinen Bruder zum glücklichsten Mann der Welt gemacht und würde nächste Woche Mrs. West Buckley werden.

Er grinste seinen Bruder an. „Du bist ziemlich schlau, weißt du das? Und ja, ich bin stark, ich kann anwesend sein und mich um ihre Sicherheit kümmern, ohne das es zu persönlich wird. Ja, vielleicht reiten wir morgen raus und jagen die Katze. Abends wäre es wahrscheinlich am besten, da sind sie am ehesten unterwegs. Ich werde das noch mal nachlesen. Danke, ich werde mich auf den Heimweg machen. Ich habe noch einiges zu erledigen."

„Herausfinden, wie man einen Berglöwen fängt und solche Sachen?"

Er gluckste. „Du kannst meine Gedanken lesen. Ja, genau das meine ich."

„Okay, wir sehen uns morgen früh und informieren die anderen. Wir werden uns alle auf den Weg machen, wenn es einen Berglöwen auf unserem Land gibt, dann schnappen wir ihn uns."

„Klingt nach einem Plan." Er lief zum Haus zurück, sagte den anderen, dass er aufbrechen würde und noch etwas im Büro bei sich zuhause erledigen musste. Sie lebten in verschiedenen Hütten auf dem weitläufigen Ranchgelände. Ihre Eltern bewohnten das Haupthaus, das momentan jedoch meistens leer stand, weil sie ihm, seinen Brüdern und seinen Cousins nach und nach die Ranch überließen, während sie selbst ihr Leben auf Reisen genossen. Jeder von ihnen hatte sich seinen Lieblingsplatz auf der Ranch ausgesucht, an dem er eines Tages ein Haus bauen wollte, ein Haus für die eigene Familie. Im Moment lebten sie alle in Hütten – außer West, der die Ziegen schon immer geliebt und darum gebeten hatte, hier bei ihnen zu wohnen. Damit hatte er die perfekte Wahl getroffen und seine Großeltern sehr glücklich gemacht, die gewusst hatten, dass jemand die Ziegenzucht weiterführen und sich gut um die Tiere kümmern würde. Lustigerweise hatten die Ziegen dazu beigetragen, dass sich Genna für ihn interessierte, es war also vorherbestimmt gewesen.

Dustin fragte sich, ob es irgendwo eine Frau gab, die für ihn vorherbestimmt war.

Nachdem er sich von allen verabschiedet hatte, kehrte er heim und verbrachte den Abend damit, alles über Wildkatzen in Texas herauszufinden. Er beschloss, er selbst zu sein und sein Herz so gut wie möglich außen vor zu lassen.

Er hatte die Frau gerade erst kennengelernt. Er

konnte nicht in eine Frau verliebt sein, die ihm gerade zum ersten Mal begegnet war und mit der er nur ein äußerst kurzes – naja, vielleicht ein wenig länger als ein *äußerst kurzes* – Gespräch geführt hatte. Dass er das überhaupt in Betracht zog, war lächerlich.

Morgen war ein neuer Tag. Da würde er alles schon wieder viel klarer sehen.

Doch als er an diesem Abend ins Bett ging, konnte er nur an sie denken und daran, was er empfunden hatte, nachdem er ihr den Hügel hinaufgeholfen und mit ihr geredet hatte und wie schön es gewesen war, die Liebe mitanzusehen, die in ihren Augen glänzte. Die Nacht war erfüllt von seinem Wunsch, dass ein wenig davon auch auf ihn scheinen mochte.

KAPITEL SECHS

Es war Montagmorgen, in der vergangenen Nacht hatte Sydney kaum geschlafen. Ihre Gedanken waren unentwegt um ihren Sturz, die anschließende Rettung und die Reaktion ihrer Tochter auf ebenjenen Retter gekreist. Und um die Erleichterung darüber, dass sie für Hazel da sein konnte und nicht verletzt worden war. Sie schuldete Dustin etwas. Nur was genau? Darüber musste sie noch nachdenken. *Vielleicht sollte sie ihm einen Kuchen backen?* Sie würde ihn nicht zum Abendessen einladen oder so, da sie niemanden auf falsche Gedanken bringen wollte. Vor allem nicht ihre kleine Tochter. Doch sie war ihm etwas schuldig. Sie musste ständig daran denken, was hätte geschehen können, wenn sie sich den Kopf angeschlagen hätte, bevor sie ins Wasser gefallen war. Wie schrecklich wäre das für Hazel gewesen.

Wenn sie darüber nachdachte, war er wirklich

genau zur richtigen Zeit am richtigen Ort gewesen und das Problem beherzt angegangen. Dafür war sie äußerst dankbar. Doch heute musste sie an andere Dinge denken, so viele, dass an Schlaf beinahe nicht zu denken gewesen war. Nachdem sie Hazel in die kleine Schule der Stadt gebracht hatte, war sie zum Mulberry Diner gefahren, hatte sich eine Tasse Kaffee genehmigt und sich einen Platz am Fenster gesucht. Sie hatte sich gefreut, Ruby und deren Ehemann Red anzutreffen, die beide mit einem Lächeln aus der Küche gekommen waren, um sie in der Stadt willkommen zu heißen. Der hervorragende Koch des Diners war ein toller Kerl, und an der Art und Weise, wie er seinen Arm um die Taille seiner Frau legte und sie an sich zog, war zu erkennen, wie sehr er sie liebte. Sydney hatte ihm gestanden, wie sehr sie sein Essen schon immer gemocht hatte und er hatte erwidert, dass das Restaurant ohne seine erstaunliche Frau nicht bestehen könne. Dann hatte er Ruby auf die Wange geküsst und war in die Küche zurückgekehrt. Sydney mochte die Art, wie er mit Ruby umging und es war nicht zu übersehen, dass Ruby dasselbe für ihn empfand.

Sie und Nelson waren genauso gewesen. Sie seufzte und trank einen Schluck Kaffee, um die emotionale Welle hinunterzuspülen, die sie zu überrollen drohte. Sie musste nach vorn schauen.

Sie musste lernen, an ihn zu denken, ohne jedes Mal in Tränen auszubrechen. Das musste sie wirklich, daher konzentrierte sie sich auf den Grund ihres Besuchs. Sie wartete darauf, dass Genna zur Arbeit kam, und würde sich auf ihr neues Unterfangen konzentrieren. Das schöne große Haus, das ihr Großvater ihr hinterlassen hatte. Sie musste entscheiden, ob es zukünftig mehr als ein Zuhause für sie und Hazel sein sollte. *Sollte sie ein Bed and Breakfast daraus machen?* Damit würde sie nicht nur Ruby glücklich machen, sondern auch deren Freundin Josie Jane. Und auch von Genna wusste sie, dass ihr die Idee zusagte.

Lange war an Schlaf nicht zu denken gewesen. Ihre eine Gehirnhälfte schrie freudig *Ja, Ja, Ja, mach das.* Doch die andere erwiderte hartnäckig *Nein, Nein, Nein, tu das nicht.* Sie musste es nicht tun, aber sollte sie?

War es das, was sie tun sollte? Sie wusste, dass Hazel dieses Unterfangen nicht ablehnen würde. Im Gegenteil, sie würde es lieben. Würde den Gedanken lieben, dass das Haus am Wochenende voller Leben war. Sie würde mit ihr darüber reden müssen, sich um ihre eigenen Angelegenheiten zu kümmern und die Gäste nicht zu Tode zu nerven. Und natürlich auch über das Selbstverständliche, dass sie vorsichtig sein musste und mit niemandem irgendwohin gehen durfte, wenn ihre Mama es nicht ausdrücklich gestattet hatte. So hatten sie es in der Stadt gehandhabt. Auch wenn dies eine wunderbare Stadt war, so würde diese Regel doch bestehen bleiben, insbesondere wenn sie Fremde in ihrem Haus willkommen heißen würden. Sie würde kein Risiko eingehen, sie hatte bereits den Mann verloren, den sie geliebt hatte, sie würde nicht zulassen, dass Hazel etwas zustieß. Hier fühlte sie sich gut aufgehoben.

Sie trank einen weiteren Schluck Kaffee und sah, wie Gennas Wagen vorfuhr und diese aus ihrem Auto stieg. Ihr welliges dunkles Haar mit den kastanienbraunen Reflexen glänzte in der Morgensonne. Sydney legte Geld auf den Tisch, stand auf und winkte Ruby zu, bevor sie ins Freie trat.

„Hey Genna. Guten Morgen.“

Genna schloss gerade die Tür zu ihrem Geschäft auf. „Hi. Wie geht's?“

„Mir geht's super. Ich möchte etwas mit dir besprechen.“

Genna grinste und zog die Tür auf. „Dann komm rein. Ich bin gespannt, worüber du mit mir reden willst. Ich hege da eine gewisse Hoffnung, musst du wissen.“

Die positive Energie, die von dieser coolen Frau ausging, brachte sie zum Lächeln. Sie schrieb unglaublich amüsante Artikel, die bei den Kunden ihres

Online-Shops für Begeisterung sorgten. Sydney hatte sich die Seite genauer angesehen und herausgefunden, dass Genna vor etwas mehr als einem Jahr hierhergezogen war und sich in die Stadt verliebt hatte. Und dass die Online-Kunden nun nach Lone Star kamen, um hier im „echten" Geschäft einzukaufen. Vor Kurzem hatte Genna begonnen, über bevorstehende Veranstaltungen zu schreiben, die die Stadt auf die Beine stellte. Auf diese Posts war sie gestoßen, als Ruby ihre Familie angerufen und sich nach dem Haus ihres Großvaters erkundigt hatte. Ihre Mutter hatte sie darüber informiert, dass es nicht verkauft würde, sondern Sydney gehörte. Daraufhin hatte sie beschlossen, herzukommen und sich alles vor Ort anzuschauen. Kurz darauf war die Entscheidung zum Umzug gefallen, denn ihr Großvater hatte ihre und Hazels Zukunft im Blick gehabt. Sie wusste inzwischen, dass er recht gehabt hatte. Dies war der richtige Ort für sie beide.

Und die Stadt brauchte ein Bed and Breakfast.

Sie war nicht sicher gewesen, ob sie das wirklich tun wollte. Im Obergeschoss des Hauses befanden sich sechs recht geräumige Schlafzimmer, während das Erdgeschoss ein großes Schlafzimmer und einen angrenzenden Raum beherbergte, den ihre Großmutter als Nähzimmer genutzt hatte. Dieser hatte genau die richtige Größe für ein Kinderzimmer für Hazel. Es schien ein bisschen so, als hätten ihre Großeltern bereits ein B&B im Kopf gehabt, als sie das Haus gebaut hatten. Das war seltsam. Nun ja, sie hatten gehofft, regelmäßig große Familientreffen zu veranstalten. Es hatte einige gegeben, aber sie selbst war diejenige gewesen, die am häufigsten während der Sommer gekommen war. Sogar wenn ihre Mutter nicht hatte kommen können, hatte sie Sydney gestattet, den Sommer hier zu verbringen und sie anschließend abgeholt. Während ihrer Besuche hatte sie oft begeistert die gute Küche im Mulberry's genossen. Sie hatte jeden Moment geliebt, den sie in dieser Stadt verbracht hatte. Offensichtlich war das ihrem Großvater nicht verborgen geblieben und er hatte ihr das Haus aus diesem Grund überlassen.

Während sie durch das hübsche Bekleidungsgeschäft ging und Genna zur Theke folgte, bemerkte sie, dass die verschiedensten Arten von Kleidung auf Käuferinnen warteten: Kleider in hellen Farben, Freizeitkleidung, elegante Stücke. Kleidung für jüngere Frauen und für ältere. Die Auswahl war entzückend. Sie hielt bei einem wunderschönen pfirsichfarbenen Sommerkleid inne. Es war wirklich hübsch. Sie ging weiter und ließ es hinter sich. Seit sie Nelson verloren hatte, hatte sie sich nicht mehr für eine

Verabredung zurechtgemacht. Sie war nicht einmal in einem Geschäft gewesen und hatte sich Kleider angeschaut, sie ging ohnehin nicht aus.

„Okay, ich fahre nur schnell meinen Computer hoch, damit er bereit ist. Die ersten Kunden kommen nicht vor neun, viele kommen auch erst später, besonders wenn sie aus anderen Städten kommen. Du bist früh dran, ich nehme an, du hast deine entzückende Tochter an ihrem ersten Schultag in die Schule gebracht."

„Ganz genau. Deswegen war ich schon hier. Ich habe mir einen Moment Zeit genommen, um noch kurz bei Ruby und ihrem Mann vorbeizuschauen. Er ist unglaublich nett und ein wunderbarer Koch, deswegen war es schön, ihn mal wieder zu sehen. Ihr Mann ist so talentiert und sie kann gut mit Menschen umgehen. Was für ein tolles Paar!"

„Ja, das sind sie. Er hat einen hervorragenden Geschmack. Ich hoffe, den habe ich auch. Ich bilde mir schon ein bisschen was auf meine Auswahl der Kleidungsstücke ein."

Sie lachte. „Ich weiß nicht, ob das als Witz gemeint war oder du nur versuchst, mich dazu zu bringen, dir ein Kompliment zu machen, aber ja, du hast einen tollen Geschmack. Du hast ein Händchen für das Zusammenstellen von Klamotten."

Genna lachte. „Ich habe nur gescherzt. Ob ich nun einen guten Geschmack habe oder nicht, ist letztlich egal. Die Leute lieben, was ich einkaufe, und das ist es, was zählt. Ich werde nicht sagen, dass ich einen schlechten Geschmack habe. Ich belasse es bei *Ich habe einen guten Geschmack und die Leute mögen das.* Ich mache mir selbst ein Kompliment."

Darüber lachten sie beide.

Sydney freute sich. Sie mochte Genna sehr. Sie hatte Gennas Online-Artikeln entnommen, dass sie Sinn für Humor hatte und Ziegen liebte. Ursprünglich hatte sie Fotos von Ziegen auf ihrer Website gehabt, weil sie diese süß fand. Ihr zukünftiger Ehemann züchtete selbst Ziegen auf seiner Ranch, genau wie seine Großeltern vor ihm, die die Tiere ebenso geliebt hatten. Es war, als würden sie etwas Wichtiges weiterführen. Das hatte sie berührt.

Sie liebte das Zuhause ihrer Großeltern und verband wundervolle Erinnerungen mit diesem Ort. Der bloße Gedanke daran, diese mit ihrer Tochter und anderen Menschen fortzuführen, stimmte sie glücklich. Ihre Erinnerungen waren nicht auf das Haus und Erlebnisse mit ihren Großeltern beschränkt, sondern schlossen auch Ausflüge in die Stadt mit ein. Mahlzeiten im Diner, fröhliches Gelächter mit Ruby und Red. Das war lange her, doch sie sah es ganz lebendig vor ihrem inneren Auge. Oder wenn Josie Jane zu ihnen rübergekommen war und in ihr Lachen mit eingestimmt hatte. Keiner von ihnen schien in den letzten Jahren gealtert zu sein, aber sie war damals noch ein Kind gewesen. Wie auch immer, sie sahen großartig aus.

Plötzlich wusste sie ohne jeden Zweifel, was sie sagen wollte. „Ich werde aus dem Haus ein Bed and Breakfast machen. Gefällt dir diese Idee?" Sie wusste, dass die Antwort auf ihre Frage Ja sein würde.

Doch stattdessen wurde sie mit einem Kreischen beantwortet, und Genna schlang ihre Arme um sie und drückte sie fest.

„Das macht mich so glücklich", sagte sie gegen Sydneys Ohr und zog sich dann grinsend zurück. „Oh mein Gott, das wird alle glücklich machen. Warte nur ab, bis Josie Jane und Ruby es hören. Und dann all die anderen. Alle werden ganz aufgeregt sein. Und eins kann ich dir versprechen, du wirst kaum noch wissen, wo dir der Kopf steht vor lauter Gästen."

Darüber mussten sie beide lachen und dann begannen sie, darüber nachzudenken, wie sie es einrichten könnte. Ein paar Wände könnten neue Farbe vertragen, wenn sie jemanden fände, der zu ihr kommen und das erledigen könnte, würde es nicht lange dauern. Soweit sie das beurteilen konnte, hatte sich ihr

Großvater wirklich gut um alles gekümmert. Er hatte es, genau wie ihre Großmutter, geliebt, Dinge zu sammeln, und von diesen schönen Dingen würde sie sich auf keinen Fall trennen. Sie würde sich um neue Bettdecken, Kissen, Vorhänge und Teppiche kümmern, solche Dinge. Sie nahm sich vor, den Räumen eine möglichst gemütliche Atmosphäre zu verpassen, gepaart mit einem reizenden Kleinstadt-Flair. Sie würde die Stücke ihrer Großeltern um einige modernere Gegenstände erweitern. Einladend, warm und romantisch – das würde ihr Thema sein. Die verschiedensten Gedanken rasten durch ihren Kopf – zum Beispiel würde sie entscheiden müssen, welche Zimmer ein romantisches Ambiente bekommen sollten.

Die Tür öffnete sich und Jasmine, Gennas neue Aushilfe, kam herein. „Guten Morgen. Entschuldigung, ich bin etwas spät dran. Auf dem Weg von Marble Falls hierher lag ein Baum auf der Straße, ich musste warten, bis sie ihn beiseite geräumt hatten. Hallo, dir gehört das große, hübsche Haus außerhalb der Stadt, oder?"

„Ja, ich heiße Sydney Ross. Ich kenne nur deinen Vornamen. Jasmine, richtig? Es freut mich, dich kennenzulernen."

„Ich freue mich ebenfalls, mein Nachname lautet Scott. Ich habe schon viel von dir gehört, seit ich in der vergangenen Woche begonnen habe, hier zu arbeiten.

Du bist diejenige, die die ganze Stadt glücklich machen wird, wenn du aus diesem wunderschönen, großen Gebäude ein B&B machst." Sie zuckte zusammen. „Ich hoffe, ich habe nichts gesagt, was ich besser nicht hätte sagen sollen. Ich meine, vielleicht hast du das gar nicht vor. Ich hoffe, es war nicht anmaßend und voreilig von mir, das …"

„Ja, es wird ein B&B", unterbrach Sydney sie lächelnd. „Das ist es, was ich Genna sagen wollte. Und jetzt dir."

Jasmine warf ihre Arme schwungvoll in die Luft und grinste vor Aufregung, als ihre Handtasche ihren ausgestreckten Arm hinunterglitt und gegen ihre Brust knallte. „Ja! Du hast soeben den Tag meiner Mutter versüßt. Sie kann es kaum abwarten, dass ein B&B eröffnet wird. Sie will so bald wie möglich alle ihre Freunde aus Dallas einladen, hier ein lustiges Wochenende mit ihr zu verbringen. Sie liebt diese Stadt und wollte auch unbedingt, dass ich herkomme." Sie kicherte. „Und sie hatte recht. Ich bin auch ganz vernarrt in die Stadt und habe ihr einen Traum erfüllt, als ich beschloss, herzuziehen, als Genna mir die Stelle anbot. Bald werde ich die Stadt mein Zuhause nennen und nicht mehr jeden Tag herfahren müssen. Sobald meine Chefin heiratet, werde ich in die coole Hütte ziehen, in der sie im Moment noch lebt."

Genna lächelte. „West hat ihr angeboten, in einer anderen zu leben, aber ihr gefällt meine, deswegen wird sie noch eine oder zwei Wochen pendeln, je nachdem, wie lange sie braucht, um einzuziehen."

„Es wird nicht mehr lange dauern. So viele Sachen besitze ich nicht und meine Eltern haben bereits alles auf einen Anhänger geladen, der nur drauf wartet, am Tag nach der Hochzeit abgeholt zu werden. So wie du gesagt hast." Sie runzelte die Stirn. „Mom denkt, ich werde hier einen guten Cowboy kennenlernen, wenn ich erstmal herziehe, aber ich komme, um neu anzufangen. Und trotzdem ich diese kleine Hütte mit ihren zwei Schlafzimmern bewohnen werde, möchte meine Mutter alle ihre Freunde einladen und sie zeitweilig in einem B&B unterbringen. Und deins wird perfekt sein. Sie liebt B&Bs und, nun, ich möchte nicht unhöflich klingen, aber meine Mutter redet manchmal etwas viel und liebt es, den Leuten von ihren Lieblingsorten zu berichten, so wie Lone Star. Ich bin sicher, dass dein Haus ganz oben auf ihrer Liste stehen wird."

Sydneys Herz klopfte, der Anblick von Gennas und Jasmines glücklichen Gesichtern erfüllte sie mit Begeisterung. „Euer Enthusiasmus freut mich. Ich war schon lange nicht mehr so aufgeregt. Aber ich weiß, dass ich das Richtige tue. Meine Tochter freut sich sehr darüber, hier zu sein, und wenn ich ihr heute nach der

Schule von den Neuigkeiten erzähle, wird sie auf Wolke Sieben wandeln.

Wir haben gestern einen der Nachbarn kennengelernt. Einen der Buckley-Männer, deinen zukünftiger Schwager. Tatsächlich hat er mich aus dem Wasser gerettet. Hazel und ich waren bis auf etwa halbe Höhe zum Fluss hinuntergegangen und warfen Steine von einem kleinen Felsvorsprung hinab, als ich die verrückte Idee hatte, mich umzudrehen und sie aufgeregt zu umarmen. Mein Fuß rutschte ab. Zum Glück war er auf der anderen Seite des Baches. Er bog gerade um eine Kurve, sah mich den Hügel hinunterstürzen, durch die Luft fliegen und mitten im Bach landen. Als ich wieder auftauchte, war er bereits im Wasser, um mich zu retten. Ich kann zwar schwimmen, aber man weiß nie... Ich hätte mir den Kopf anstoßen und bewusstlos ins Wasser fallen und ertrinken können, und mein armes Baby hätte nichts tun können, um mir zu helfen."

„Oh mein Gott! Bestimmt war Dustin deswegen gestern beim Familienessen in meinem zukünftigen Zuhause so abwesend. Er aß ohne viel zu sagen und ging dann allein zu den Ziegen, West folgte ihm und suchte das Gespräch. Er hat mir nicht erzählt, dass du im Wasser gelandet bist. Vielleicht hat Dustin ihm das nicht mitgeteilt. Ich werde ihn fragen."

„Ich bin froh, dass er da war", sagte Jasmine und tätschelte ihren Arm.

Beide Frauen umarmten sie und Sydney erwiderte diese Geste, die Unterstützung der beiden fühlte sich wie ein Geschenk an. Und war dringend nötig.

„Ich werde ihm für immer dankbar sein. Und er war so lieb zu meiner Tochter. Er hat mit ihr gesprochen und uns den Hügel hinaufgeholfen und uns dann eine Stelle gezeigt, die sicherer ist, für den Fall, dass wir mal wieder an den Fluss gehen wollen. Dort, wo der Trampelpfad der Rinder zum Wasser hinabführt."

„Er ist ein wunderbarer Mann." Mit einem Mal heftete Genna ihren Blick auf Sydney. „Er wird einmal einen fantastischen Ehema…"

„Aber nicht für mich", wandte Sydney ein. „Ich muss das klarstellen, denn was ich deinen Worten und deinem Gesichtsausdruck entnehme, ist genau das Gleiche, was Josie Jane und die anderen Damen gestern auch schon andeuteten, als sie zu mir kamen, um mir beim Auspacken der Küchenutensilien zu helfen. Er ist großartig, ist er wirklich… aber ich bin nicht auf der Suche nach dem, was ihr mir mit aufgeregten Stimmen vermitteln wollt." Ihr Ton war bestimmt und sie wusste, dass ihr Gesichtsausdruck es auch war, als sie die beiden ansah. Sicherlich würden sie den Hinweis verstehen, dass sie weder daran interessiert war, eine neue Liebe zu suchen oder sich auch nur zu verabreden. Sie hatte Nelson über alles geliebt und nichts, nichts konnte ihn ersetzen.

„Okay, reg dich nicht auf", beschwichtigte Genna sie. „Wir verstehen dich. Ich habe nicht sagen wollen, wonach es geklungen hat. Aber ich bin dankbar dafür, dass er zur Stelle war. Ich wollte nicht andeuten, dass Romantik in der Luft liegt. Und wenn Josie Jane, Ruby und Millie das getan haben, dann tut es mir leid. Ich kann dir versichern, sie haben es nicht getan, um gemein zu sein oder dir Schmerzen zuzufügen. Sie hegen nur eine Menge Hoffnung für diese Stadt und alle, die hier leben. Wenn du willst, spreche ich so mit ihnen, dass sie es verstehen. Sie werden dich in Ruhe lassen, sollten sie dich unter Druck gesetzt haben."

„Ich verstehe dich auch", fügte Jasmine hinzu. „Was ich durchgemacht habe, ist nicht schön und ich brauchte dringend einen Neuanfang. Meine Mutter hat dafür gesorgt, dass ich herkomme, aber auch ich bin nicht auf der Suche. Aber ich muss von vorn beginnen, deswegen bin ich hier. Wer weiß – irgendwann werde ich vielleicht für eine Beziehung bereit sein. Aber jetzt noch nicht. Ich verstehe also in vielerlei Hinsicht sehr gut, dass du Regeln aufstellst, die die anderen beachten müssen. Vielleicht bin ich sogar ein wenig neidisch auf dich. Du weißt, wie die Liebe ist, von der ich immer geträumt habe, nach der ich im Moment aber nicht suche. Gerade freue ich mich einfach nur darauf, hier mit der fantastischen Genna und dir ein neues Leben zu beginnen. Ich bin überglücklich, dass ich gekommen bin und deine Neuigkeiten erfahren habe. Und ich muss es einfach noch einmal sagen, meine Mutter wird begeistert sein. Mach einfach alles in deinem Tempo. Ich werde niemanden ermutigen, dich in eine Romanze zu verwickeln – du hattest bereits das Glück, die Liebe gefunden zu haben."

„Ich weiß nicht, wer dir das erzählt hat, aber ja, es stimmt. Ich kann mir einfach nicht vorstellen, wie es möglich sein soll, zwei wundervolle Männer in einem Leben zu finden. Mein Herz ist nicht offen dafür, aber es ist offen für diese Stadt und mein B&B und ich bin begierig darauf, es zu eröffnen. Ich war mir die ganze Zeit noch nicht sicher, doch als ich vorhin in den Laden kam, überkam mich der Gedanke, dass mein Großvater sich sicher war. Er wusste, dass ich hierhergehöre und es der perfekte Platz für mein kleines Mädchen ist. Ich werde ihm für immer dankbar sein. Also, meine Damen, stürzen wir uns ins Abenteuer. Wir werden dieser kleinen Stadt helfen und eine Menge Spaß dabeihaben. Genna, du tust bereits viel dafür und machst einen tollen Job. Wirst du dir jetzt, wo du Unterstützung durch diese nette Frau hier hast, eine kleine Auszeit nach deiner

Hochzeit nehmen?"

Genna lächelte. „Ja, das habe ich vor. Ich werde noch hier sein, aber nicht mehr immerzu. Ich habe einen ganzen Garten voller Kinder, mit denen ich spielen kann und meinen zukünftigen Ehemann, mit dem ich mir ein gemeinsames Leben aufbauen werde. Jasmine kam also genau zum richtigen Zeitpunkt. Genau wie du."

Die drei grinsten sich an und streckten dann, als ob sie die Gedanken der anderen gelesen hätten, gleichzeitig die Arme aus und fielen in eine Gruppenumarmung.

Und Sydney wusste ohne jeden Zweifel, dass sie genau dort war, wo sie hingehörte.

KAPITEL SIEBEN

Am Montagmorgen lud Dustin mit seinen Brüdern Ryder, Caleb, West und Zack und seinen Cousins Hunter und Ace ihre Pferde in einen Anhänger und machte sich dann mit ihnen auf den Weg zu dem Stück Land, das sie Sydneys Großvater Johnny abgekauft hatten. Als seine Familie gehört hatte, was für ein Tier seiner Meinung nach die Kühe gerissen hatte, hatten sie sich alle sofort der Jagd angeschlossen. Sie waren sich einig, dass der Berglöwe gefunden, gefangen und fortgebracht werden musste. Oder getötet, wenn ihnen nichts anderes übrigblieb.

Es war ungewöhnlich, dass ein Berglöwe ein Rind zur Strecke brachte, aber wenn er ihr Vieh tötete, dann mussten sie ihn loswerden – wenn er noch in der Nähe war. Normalerweise bewegten Berglöwen sich schnell und blieben nur für kurze Zeit in einem Gebiet. Wenn ein solches Tier die Kühe getötet hatte, dann war es hoffentlich bereits weitergezogen, denn die Überreste der verendeten Kühe waren vor drei und vier Wochen im Abstand mehrerer Tage gefunden worden. Auch wenn es sein Unwesen in einiger Entfernung getrieben hatte – auf der anderen Seite der Weide und jenseits der Schlucht – und womöglich längst weitergezogen war, so lebten jetzt doch eine Frau und ihre Tochter ganz in der Nähe. Sie waren sich einig gewesen, dass dies bedeutete, dass sie sich unverzüglich um den Berglöwen kümmern mussten, sofern sie ihn denn fanden. Vielleicht würde er auch das Weite suchen, wenn er sich gestört fühlte.

Die Sicherheit von Johnnys Enkelin stand an erster Stelle und sie hatten beschlossen, die Verantwortung dafür zu übernehmen.

„Ich fühle mich schlecht, weil ich diese Möglichkeit nicht in Betracht gezogen habe", sagte Ryder. „Es ist nicht normal, dass Kojoten Rinder töten, aber da waren keine anderen Abdrücke, sodass man auf ein anderes Tier hätte schließen können. Wenn wir die Kühe früher gefunden hätten, wären unsere Gedanken vielleicht in eine andere Richtung gegangen, weil andere Abdrücke sichtbar gewesen wären. Ich hätte nicht einfach annehmen dürfen, dass die Rinder von Kojoten getötet wurden. Ich komme mir dumm vor."

Das war eine äußerst ungewöhnliche Aussage für

seinen ältesten Bruder und verriet Dustin, dass Ryder wirklich meinte, was er sagte. Ja, wahrscheinlich hätten sie von Anfang an in diese Richtung denken sollen, aber er war froh, dass zumindest ihm dieser Gedanke gekommen war.

„Hey, sei nicht so hart mit dir. Wir sind ein Team. Ich hatte so ein Bauchgefühl, dass etwas nicht stimmt und hätte gleich etwas sagen sollen. Aber zumindest sind wir uns jetzt einig und kümmern uns darum. Wenn wir mit der Suche fertig sind, werde ich am besten zu Sydney fahren und ihr und ihrer Tochter mitteilen, was wir vermuten."

Ryder nickte mit ernstem Blick. „Ja, wir können nicht zulassen, dass sie hier leben und möglicherweise dort herumlaufen, ohne dass wir es ihnen sagen. Wenn etwas passiert, würden wir uns das nie verzeihen."

Sie waren aufgestiegen und murmelten Worte der Zustimmung. Mit ernsten Mienen bereiteten sie sich auf die Jagd vor. Hoffentlich würden sie das Tier schnell finden und es dann fortbringen können. Zum Glück waren Berglöwen Einzelgänger, also trieb sich wahrscheinlich nur einen von ihnen hier herum – oder *hatte* sich hier *herumgetrieben*, wie er hoffte.

„Okay, teilen wir uns auf, dann können wir uns die verschiedenen Bereiche des Grundstücks vornehmen, wobei wir uns auf die Schlucht konzentrieren sollten.

Denkt dran, sie verkriechen sich entgegen der landläufigen Meinung nicht in Höhlen, sondern schlafen gern unter Klippen, überhängenden Felsvorsprüngen und manchmal in Dachsbauten. Wie wir wissen, gibt es von alldem reichlich im Gebiet der Schlucht, also nehmt alles genau in Augenschein.

Eins will ich euch noch sagen: Johnny wollte, dass Sydney und Hazel hier ein neues Leben beginnen. Lasst uns also sicherstellen, dass sie genau das tun können. Dieses Tier wird das nicht ruinieren. Sie sind wirklich nett und das kleine Mädchen ist das süßeste Ding, das ihr euch vorstellen könnt... allerdings hat sie keine Scheu, die Gegend zu erkunden, soweit ich das beurteilen kann. Das beunruhigt mich." Seine Brüder nickten zustimmend. „Ich glaube, sie und ihr Daddy haben hier unten früher gemeinsam Steine ins Wasser geworfen, deshalb bedeutet ihr das viel. Und die Schlucht in der Nähe des Hauses ist eine der unzugänglichsten Stellen, also werde ich dort suchen."

„Gut" meinte Ace. „Das Haus stand eine Zeit lang leer, wer weiß, wo es sich das Viech gemütlich gemacht hat."

„Genau" sagte Dustin. „Wenn es noch da ist, könnte es dort sein, ich habe da so ein Gefühl. Wenn ich recht habe und es sich immer noch irgendwo dort versteckt, werden wir es hoffentlich aufscheuchen, sodass es sich zeigt und wir es fangen und töten oder wegbringen können."

„So machen wir es", sagte Caleb. „Doch das dauert womöglich länger als nur einen Tag, aber gehen wir es an."

„Okay, los geht's", sagte Ace, „Hunter und ich werden am unteren Ende der Schlucht beginnen, bevor sie sich verflacht, und uns von dort in sie hinein vorarbeiten. Wenn jemand den Berglöwen aufstöbert, dann müssen wir anderen das wissen, damit wir uns bereit machen können. Und denkt dran, wir sind alle hier draußen, also nur Schüsse Richtung Boden, ansonsten kann es schlimm ausgehen. Denkt an die Sicherheitsvorkehrungen."

„Ace", fragte Hunter seinen Zwilling. „Du fischst doch häufig hier. Hast du nie etwas gesehen?"

„Nichts, was mich an einen Berglöwen denken ließ." Ace zog die Brauen zusammen und seine blauen Augen nahmen einen beinahe grünlichen Ton an, so als hätten sich seine Gedanken verdunkelt. „Ich habe die Pfotenabdrücke von vielen wilden Tiere gesehen, sogar die von Rotluchsen, aber sie sind zu klein, um einer Kuh oder einem Menschen gefährlich zu werden. Die Spuren von Kojoten sieht man auch oft, aber das ist normal und sie halten Abstand. Ihr könnt mir glauben, wenn ich einen Pfotenabdruck gesehen hätte, der groß genug wäre, um der eines Berglöwen zu sein, dann hätte ich euch das gesagt, und wir hätten diese Jagd bereits hinter uns."

Dustin zeigte seinem Cousin den in die Höhe gereckten Daumen. Ace mochte jünger sein als die anderen, einschließlich seines Zwillingsbruders, der ein paar Minuten älter war als er, aber er verfügte über einen wachen Verstand. Er liebte die Natur, mochte mehr als Reiten und Viehhüten. Der Typ *liebte* es zu angeln – wahrscheinlich hätte er sich in der Welt der Angelturniere und -wettkämpfe behaupten können, wenn man seine Begeisterung für Angelruten und Spulen bedachte. Er verbrachte jede freie Minute an den Flüssen und Bächen ihres Grundstücks und war meistens allein. Dustin war froh, dass Hunter ihm diese Frage gestellt hatte, denn Ace war derjenige, der sich an den Ufern der Ranch am besten auskannte.

„Okay, gut zu wissen. Vielleicht ist er schon wieder weg, das wäre das Beste", meinte Dustin. „Also, machen wir uns auf die Suche. Der Tag wird wie im Flug vergehen und wir müssen ein großes Gebiet durchkämmen."

Die anderen stimmten ihm zu und so machten sie sich auf den Weg, wobei sie sich in drei Gruppen aufteilten. Hunter und Ace würden sich um das eine Ende der Schlucht kümmern, Ryder und Zack um das andere und er, West und Caleb würden sich den zentralen Teil vornehmen.

Der Bach verlief am Grund der Schlucht und war auf seinem Weg durch das Weideland der Ranch unterschiedlich tief und breit. Zum Ende der Schlucht hin wurde der Boden ebener, der Bach schlängelte sich von da an durchs Land, ohne Hügel zu seinen Seiten. Gutes Land für die Rinder. Dort, wo Hunter und Ace suchen würden, gab es keine Felsvorsprünge oder Auswaschungen, nichts, wo sich ein Berglöwe verstecken konnte, aber sie würden am Ende der Schlucht beginnen und sich von dort in sie hinein vorarbeiten. Am anderen Ende, dort wo die Schlucht zu ihrem Grundstück zu gehören begann, war sie weniger tief, da sie auf dem vorherigen Grundstück ähnlich flach auslief wie an ihrem Ende. In der Mitte, dem Bereich, den Dustin gewählt hatte, war sie am breitesten und tiefsten und wies, soweit er das beurteilen konnte, die meisten Verstecke auf, in denen sich ein Berglöwe tagsüber ausruhen würde, bevor er nachts zu seinen Streifzügen aufbrach. Außerdem war dies das Gebiet, das Sydneys Haus am nächsten war. Die beiden Kühe waren ganz in der Nähe aufgefunden worden.

Er wollte sicherstellen, dass die Katze nicht dort lebte. Sydney und Hazel nannten diese Gegend nun ihr Zuhause, und er würde dafür sorgen, dass ein Berglöwe nicht dasselbe tat.

KAPITEL ACHT

Sie hatten den ganzen Tag nach dem Berglöwen gesucht, nicht einmal zu Mittag gegessen. Gegen halb fünf luden sie die Pferde wieder in den Anhänger und Ryder fuhr sie zurück zur Ranch. Dustin stieg in seinen eigenen Truck, er war mit seinem Wagen gekommen, weil er noch bei Sydney vorbeischauen wollte. Sie hatten nichts gefunden – keine Pfotenabdrücke, gar nichts. Und obwohl es sie erleichterte, dass der Berglöwe wahrscheinlich weitergezogen war, musste er Sydney immer noch über die mögliche Gefahr in Kenntnis setzen. Er selbst würde die Suche fortsetzen, bis er ganz sicher war, dass das Tier fort war.

Doch im Moment wartete eine andere Aufgabe: an Sydneys Haustür klopfen und ihr sagen, was los war. Er fuhr die schmale Straße entlang, es war ein bemerkenswert hübsches Haus, schon immer gewesen und er hatte die Damen in der Stadt darüber reden hören, was für ein großartiges Bed & Breakfast es abgeben würde. Er musste ihnen recht geben. Es war geradezu perfekt dafür geeignet und Johnny hatte nicht alles Land verkauft. Das Haus war von einigen Hektar Grundstück umgeben, das sie vielleicht irgendwie nutzen konnte. Man könnte einen hübschen Pavillon errichten und ihn für Hochzeiten, Partys oder sonstige Feierlichkeiten verwenden. Man könnte alles Mögliche machen.

Seine Gedanken waren in diese Richtung geschweift, weil West und Genna sich eine solche Örtlichkeit für ihre Hochzeit gewünscht hätten. Sie hatten so viele Gäste eingeladen, dass die Kirche zu klein war und sie stattdessen auf der Ranch feiern würden. Die Zeremonie würde in einer kürzlich beräumten Scheune stattfinden. Nicht in der Scheune des alten Hauses, in das die Neuvermählten ziehen würden, dort streiften zu viele Ziegen umher. Die Hochzeit würde auf der Hauptranch stattfinden und seine Eltern hatten die Reinigung und Dekoration einer der großen Scheunen beaufsichtigt. Es würde eine großartige Veranstaltung werden und so wie er seine Mutter und Genna kannte, außerdem auch noch wunderschön.

Alle waren bereits voller Vorfreude.

Er wusste nicht, ob sie aus dem Haus ein B&B

machen würde. Sie und ihre Tochter mussten sich erst einmal hier einleben und vielleicht wollten sie dabei nicht das ganze Haus voller Fremder haben. Er nahm nichts als selbstverständlich hin und würde keine Fragen stellen. Er war hier, um ihr mitzuteilen, dass vielleicht Grund zur Sorge bestand. Zumindest würde sie dann von der Gefahr wissen und sicherstellen, dass ihre Tochter verstand, dass allein auf dem Grundstück herumzulaufen, gerade nicht die beste Idee sein mochte. Nicht, wenn ein Berglöwe eventuell quasi seinen Hinterhof mit ihnen teilte. Sie mussten wissen, dass es besser war, dort draußen momentan nicht herumzulaufen, auch nicht zu zweit.

Er hatte Hazel versprochen, dass er mit ihr den Baumstamm überqueren würde; wenn sie das immer noch tun wollten, würde er sich Zeit dafür nehmen. Selbst wollte er das nicht zur Sprache bringen, vielleicht rückte er ihnen damit zu sehr auf die Pelle. Er würde das Sydney überlassen. Er war hier, um sie zu warnen.

Er hätte ihnen auch verbieten können, das Buckley-Grundstück zu betreten, aber das konnte er nicht tun. Das Land hatte früher ihnen gehört. Also musste er ihr verständlich machen, was auf dem Spiel stand, wenn das Tier noch in der Nähe wäre. Wenn es zwei Kühe töten konnte, wer wusste schon, was es als Nächstes tun würde. Er würde kein Risiko eingehen. In Kalifornien wurden bedeutend mehr Menschen auf Wanderwegen oder beim Joggen und Radfahren von Berglöwen angegriffen als hier in Texas. Aber das machte ihm nur umso klarer, dass diese Gefahr nicht von der Hand zu weisen war.

Er würde sich darum kümmern, dass das hier nicht geschah, hoffentlich würde sie seine Bitte verstehen. Er ging den Weg hinauf und klopfte an ihre Tür. Fast augenblicklich flog die Tür auf und als er nach unten blickte, entdeckte er eine lächelnde Hazel.

„Du bist gekommen. Mama!", rief sie über ihre Schulter zurück. „Er ist gekommen, um mit uns über den Baumstamm und das Wasser zu laufen."

Ach du meine Güte. Das war nicht der Grund, aus dem er gekommen war, aber er hatte ihr das versprochen. Er blickte den Flur entlang, dann zurück zu Hazel. „Vielleicht tun wir das, aber nicht heute. Ich bin hier, um mit deiner Mama zu sprechen."

„Okay, aber du hast gesagt, wir machen es irgendwann. Nun, ich schätze, du kannst mit meiner Mama reden und dich vielleicht trotzdem mit ihr auf ein Datum einigen, an dem wir zum Fluss fahren?" Sie grinste ihn an, die niedliche kleine Schmeichlerin.

Er gluckste. Dieses Kind war etwas Besonderes. „Okay, ich werde es ansprechen." Er blickte auf, als er Schritte im Flur hörte. Der lange und breite Flur sah aus, als befände sich die Küche an seinem Ende. Außerdem gab es hier eine Treppe, die nach oben führte. Der gesamte Bereich war äußerst geräumig, so als wäre das Haus als Bed &Breakfast geplant worden. Absurder Gedanke, aber vielleicht hatte Johnny so etwas für später im Sinn gehabt. Vielleicht hatte er sich gedacht, dass eines seiner Kinder derartige Ambitionen haben könnten. Er war ein vorausschauender Mann gewesen, und seine Enkelin sah umwerfend aus, als sie nun am Ende des Flurs um die Ecke bog.

„Hallo", sagte sie. „Habe ich das richtig gehört, du willst mit mir sprechen?"

Er riss sich den Hut vom Kopf und hielt ihn in beiden Händen. „Ja, will ich." Er warf Hazel einen Blick zu, bevor er wieder zu ihr schaute. „Allein, wenn möglich." Er blickte zurück zu Hazel, die ihn nun mit zusammengezogenen Augenbrauen musterte. „Wenn das für dich okay ist. Es tut mir leid, aber ich muss mit deiner Mom allein sprechen."

Sie stemmte eine Hand in die Hüfte. „Ich weiß, ich weiß. Erwachsene müssen manchmal allein miteinander reden. Okay, Mama, ich gehe spielen. Aber denk dran, du wolltest mit ihr darüber sprechen, dass ich über den Baum laufen darf."

Er lächelte und begegnete Sydneys Blick, als diese den Flur hinunterkam und sich neben ihre Tochter stellte. Er konnte an ihrem Blick ablesen, dass sie erkannt hatte, dass etwas nicht stimmte. Eine kluge Frau.

„Liebling, geh du spielen und ich bringe dir einen Teller Kekse, wenn sie fertig sind. Ich hole sie gleich aus dem Ofen."

„In Ordnung. Vielleicht möchte er auch ein paar von deinen Keksen." Sie grinste ihn an und raste dann den Flur entlang, wobei sie die Stelle passierte, an der er Sydney zuerst entdeckt hatte, dann hielt sie sich rechts und verschwand durch eine Tür.

Er wandte seinen Blick ab und konzentrierte sich wieder auf Sydney. „Ich hoffe, das ist kein Problem, aber ich würde gern vermeiden, dass sie uns in der Küche über das reden hört, was ich mit dir besprechen muss. Ich nehme an, wir gehen in die Küche, oder? Wegen der Kekse."

„Wir können auch woanders hingehen. Ich habe einen Alarm eingestellt, warum gehen wir also nicht auf die Veranda? Du siehst ernst aus. Ist etwas nicht in Ordnung?"

„Ja, das ist es tatsächlich. Es hat damit zu tun, warum ich am Samstag dort draußen war, als du ins Wasser gefallen bist."

Sie nickte leicht. „Dann folge mir."

Er zog die Tür zu und folgte ihr den Flur entlang.

Sie trug weiße Jeans, die an den Knöcheln hochgerollt waren, und schwarze Flip-Flops, die helle, pfirsichfarbene Zehennägel entblößten. Sie passsten zu der pfirsichfarbenen Bluse, die sie trug. Ihr dunkles, schwarzes Haar schwang über ihre Schultern und ihre Hüften schwangen ebenfalls – hastig richtete er seinen Blick wieder auf ihre Haare. Dann konzentrierte er sich auf ihre Umgebung.

Von dem breiten Flur gingen ein paar Türen ab, dann betraten sie eine große, offene Küche mit einer Kücheninsel, an der auf der ihnen zugewandten Seite fünf Hocker standen. Auf der Theke, neben dem Ofen, stand eine große Schüssel. Das Kochfeld befand sich dahinter und im rückwärtigen Teil der Küche machte er den Kühlschrank aus. Das Waschbecken befand sich auf der anderen Seite der langen Bar. Die Küche war groß, offen gestaltet und auf Interaktion ausgelegt.

Sie ging zum Kühlschrank und drehte sich dann zu ihm um. „Möchtest du etwas trinken? Ich habe Tee und Limonade da." Sie lächelte. „Ich glaube, alle in der Stadt sind süchtig nach Limonade. Früher hatten wir immer welche da. Mein Großvater hatte ein paar Zitronenbäume neben dem Zaun. Und wir waren nicht die Einzigen – Josie Jane hat auch immer welche in ihrem Laden. Ich glaube, sie mag sie genauso sehr wie meine Großmutter, deswegen pflanzte mein Großvater diese zehn Bäume. Sechs von ihnen gibt es noch, von ihnen habe ich die Zitronen gepflückt."

Sein Blick fiel auf eine große Schale voller Zitronen. „Du hast die Limonade selbst gemacht?"

„Ja, habe ich. Ich konnte nicht anders. Es war das Erste, was ich nach unserer Ankunft getan habe."

„Wie könnte ich da Nein sagen? Ja, bitte, ich hätte gerne eine Limonade." Sie lächelte, aber er wusste, dass sie sich fragte, warum er hier war. „Wie lange brauchen die Kekse noch?"

„Oh, die brauchen noch circa fünf Minuten, was hältst du davon, wenn wir noch den Moment hierbleiben, ich sie dann heraushole und Hazel ein paar bringe. Dann gehen wir nach draußen. Du bekommst auch welche."

„Ich habe Zeit. Keine Eile."

Sie öffnete den Kühlschrank und griff nach einem gläsernen Krug, der fast bis an den Rand voll mit gelber Limonade war.

„Sieht köstlich aus."

Sie lächelte. „Finde ich auch." Sie öffnete eine Schranktür und er nahm staunend all die verschiedenen Gläser auf den drei Regalböden zur Kenntnis.

„Wow, das ist eine bunte Mischung."

Sie drehte sich um und grinste. „Meine Oma liebte es, buntes Geschirr und Gläser zu sammeln – sie liebte

Porzellan in allen Farben. Alle diese Schränke sind mit buntem Geschirr gefüllt und ich behalte jedes einzelne Stück. Ich liebe sie." Sie nahm zwei rosafarbene Gläser aus dem Regal, hielt dann kurz inne, stellte sie zurück und griff nach zwei blassblauen Gläsern. „Die gefallen dir vielleicht besser als die in Pink."

Er lächelte. „Ich würde aus jedem dieser hübschen Gläser trinken." Und das stimmte.

Sie öffnete den Schrank neben dem, den sie gerade geöffnet hatte, er war voller bunter Teller. Ein Brett war voller Teller in Rosa, dann gab es noch eins mit blauem und ganz oben eins mit gelbem Geschirr.

„Du meintest das ernst. Das ist wirklich bunt. Es wäre cool, wenn die Schränke Glastüren hätten, dann könnte man all diese Farben sehen."

Sie griff nach einem Teller und stellte ihn lächelnd neben einen Untersetzer, der sicherlich für das Keksblech war. „Ja, das habe ich mir auch gedacht. Es sieht recht unkompliziert aus. Man müsste nur jeweils dieses eine Holzbrett hinter dem Rahmen entfernen und es durch Glas ersetzen. Dann wäre die Küche ziemlich bunt."

„Ich stimme dir zu, es wäre schön und es würde wahrscheinlich nicht viel Mühe machen. Ich baue sonst keine Küchen, aber das sieht nicht allzu schwer aus."

Sie nahm gerade zwei kleine blaue Teller aus dem

Schrank, als der Alarm ertönte. Sie lächelte, stellte die Teller ab, schlüpfte mit ihrer Hand in einen dicken Handschuh und öffnete dann den Ofen und nahm das Blech heraus. Er beobachtete sie dabei und stellte fest, dass sie in dieser Küche ganz in ihrem Element war, anders als in den Fluten des Flusses.

„Die duften köstlich."

„Das tun sie, es sind Schoko-Kekse, die schon meine Großmutter für mich gebacken hat, als ich noch ein kleines Mädchen war. Ich versuche, das fortzuführen, indem ich sie für Hazel backe. Ich weiß nicht, ob du es schon gehört hast, aber ich werde aus dem Haus ein Bed and Breakfast machen. Meinen Großeltern zu Ehren, ihre Koch- und Backrezepte werden sich noch als nützlich erweisen. Ich habe viele Tage damit zugebracht, neben meiner Großmutter auf einem Hocker zu stehen, während sie mir zeigte, wie man kocht."

Er stellte sich das vor und lächelte. „Hazel wird das gefallen."

„Das glaube ich auch, sie war heute in der Schule und muss noch ein paar Hausaufgaben erledigen, die Kekse sind als Belohnung gedacht. Ich wollte nicht abschweifen. Ich bringe ihr die rasch, dann gehen wir nach draußen." Mit einem Pfannenwender hob sie zwei

Kekse vom Blech auf den Teller, sie ergänzte noch einen dritten und ging dann den Flur hinunter.

Er vernahm ein begeistertes Kreischen des Mädchens, das ihn zum Lächeln brachte, einen Augenblick später kehrte Sydney ebenfalls lächelnd zurück. „Sie liebt Kekse", sagte sie, während sie drei Kekse auf einen Teller legte und einen weiteren auf einen anderen.

Sie reichte ihm den Teller mit den drei Keksen und einer Serviette an der Seite und dann das Glas mit der Limonade.

Er griff nach seinem Hut, der am Rand des Tresens gelegen hatte, setzte ihn sich auf den Kopf und nahm dann freudig die Limonade und grinste. „Vielen Dank. Vielleicht quietsche ich auch."

Sie kicherte, als sie den anderen Teller und ein Glas Limonade nahm und zur Hintertür ging. Er folgte ihr. Als sie die Tür erreichte, stellte sie ihr Getränk auf einem kleinen Tisch ab und öffnete dann die Tür. „Geh du vor. Ich mache das", sagte sie, als er zögerte und ihr den Vortritt lassen wollte.

Er gluckste und trat hinaus. Sie folgte ihm, drehte sich dann um, nahm das Glas und stellte es auf einen Tisch vor der Tür, bevor sie diese hinter sich zuzog. Er beobachtete, wie sie nach ihrem Glas griff und ihn zu den Stühlen im hinteren Teil der Veranda führte.

Er grinste sie an, als sie sich setzte. „Das hast du schon oft gemacht, das ist nicht zu übersehen."

Ihr Grinsen war süß. „Ja, seit ich klein war. Dass die Tische da stehen, hat einen Grund. Wir haben uns oft draußen auf einen Snack getroffen, manchmal aber auch ganze Mahlzeiten hier eingenommen und wann immer unsere Hände zu voll waren, waren die Tische äußerst praktisch."

Er lächelte, als er sich ihr gegenübersetzte und sein Getränk auf den Tisch zwischen den Stühlen stellte. Mann, er hasste es, ihr etwas sagen zu müssen, das sie beunruhigen würde. Diese großartige Stimmung wollte er nicht verderben. Es war so angenehm. Als er seinen Blick schweifen ließ, entdeckte er Blumenbeete, die ein wenig Aufmerksamkeit gebrauchen könnten. Er hatte gehört, dass jemand aus der Stadt regelmäßig vorbeikam und den Rasen mähte und ab und zu Unkraut zupfte, aber in diesen Beeten wuchsen schon lange keine Blumen mehr. Er sah sie an und dachte an die farbenfrohen Teller und daran, wie ihre Augen tanzten, wenn sie glücklich war. Wenn sie diesem Garten zu neuem Leben verhalf, würde es sicher ein bunter Garten werden.

Okay, reiß dich zusammen, Mann.

Er griff nach einem Keks und biss hinein. „Oh, mein Gott", gelang es ihm zu sagen, während er kaute. Sie lachte und sein Blick traf ihren. „Die sind fantastisch."

Ihr Grinsen wurde breiter. „Ich habe dir doch gesagt, meine Großmutter wusste, was sie tat."

„Nun, offensichtlich weißt du das auch. Meine Güte. Die Leute werden dein Bed & Breakfast nie wieder verlassen wollen, wenn du ihnen diese Kekse servierst." Er biss zum zweiten Mal von seinem Keks ab, er konnte nicht anders und dieser Bissen war größer als der erste. „Wow", brachte er hervor.

Auch sie hielt einen der Kekse in der Hand, er berührte fast schon ihre Lippen, doch sie war zu sehr damit beschäftigt, Dustin zu beobachten, um ihn zu essen. „Du meinst es ernst. Magst du sie wirklich so sehr?"

„Hm, ja. Meine Güte. Meine Oma konnte kochen und meine Mutter auch, aber das ist unglaublich. Deine Großmutter hätte sie verkaufen können. Das könntest du bestimmt auch tun. Wenn alles andere, was du kochst, so gut ist wie diese Kekse, solltest du ein Kochbuch zusammenstellen. Ich würde es kaufen – auch wenn ich nicht glaube, dass ich sie genauso gut zubereiten könnte, aber ich würde es zumindest versuchen." Beinahe hätte er gesagt *Oder du bringst es mir bei* – aber er schaffte es gerade noch, sich zurückzuhalten. Als er zufällig aufblickte, entdeckte er Hazel in einem der Fenster auf der anderen Seite der Terrasse, sie hielt einen Keks in die Höhe und lachte. Das Kind hatte gewusst, wie er auf die Kekse seiner Mutter reagieren würde. Er lachte auf und hob seinen Keks ebenfalls in die Höhe. Sydney folgte seinem Blick und grinste, während sie Hazel mit einer Handbewegung zu verstehen gab, sich vom Fenster zurückzuziehen. Was diese mit einem breiten Lächeln tat.

Sydney sah ihn an, ihre wunderschönen Augen funkelten. „Sie ist ganz deiner Meinung, sie liebt diese Kekse. Die Süße wollte deine Reaktion sehen und du hast ihren Erwartungen entsprochen. Sie ist dein Fan, schon seit du mich aus dem Wasser gerettet hast. Wenn ich das sagen darf.“

Sein Herz hüpfte in seiner Brust und schlug gegen seine Rippen. „Sie ist hinreißend und ich kann nur noch einmal wiederholen, wie froh ich bin, dort gewesen zu sein. Ich weiß, dir wäre nichts geschehen, außer du wärst bewusstlos ins Wasser gefallen. Wie auch immer, ich bin froh, dass ich dort war und jetzt Hazel lächeln sehen kann. Und dich und dass ich diesen Keks genießen darf. Oder besser *Kekse*, denn eins kann ich dir sagen, ich werde keinen übriglassen." Das brachte ihm ein weiteres Grinsen ein.

Sie biss nun ebenfalls von ihrem Keks ab und der weiße Zucker hinterließ eine Spur auf ihrer Oberlippe.

Er lächelte. „Siehst du? Köstlich. Und…" Er beugte sich nach vorn, bevor er sich zurückhalten konnte, hob seinen Finger an ihre Lippe und wischte den Zucker ab. Seine Finger hielten kurz inne, als er sie berührte, und sie erstarrte.

Ihre Augen weiteten sich und sie holte tief Luft.

Was tue ich da?

„Tut mir leid." Sein Blick verweilte auf ihren Lippen, doch er zog seine Finger fort. „Das wollte ich nicht." *Bring das wieder in Ordnung.* „Wahrscheinlich habe ich auch Zucker im ganzen Gesicht." Das stimmte vermutlich sogar.

Gott sei Dank hatte er das Richtige gesagt, sie erwiderte seinen Blick endlich und lächelte.

„Deine ganze Oberlippe ist voll damit."

Lachend griff er nach der Serviette und wischte sich über die Lippen, und ja, der helle Staub war deutlich auf der blassgelben Serviette zu sehen. „Du wusstest, dass das geschehen würde." Dankbar nahm er zur Kenntnis, dass es ihm gelungen war, von seinem Fehler abzulenken. Sie zu berühren, als er es nicht hätte tun sollen.

„Ich habe es vermutet."

„So oder so, diese Kekse sind trotzdem das Beste, was ich in meinem Leben gegessen habe. Erzähl das nur nicht meiner Mutter."

„Dein Geheimnis ist bei mir sicher."

Sie starrten einander an und er wusste, dass es an der Zeit war, zum Grund seines Besuchs zu kommen. Jetzt war nicht der Zeitpunkt dafür, diese schöne Frau anzustarren, außerdem wusste er sowieso, dass das falsch war.

„Ich schätze, ich sollte erzählen, warum ich gekommen bin. Ich würde es vorziehen, weiter unbeschwert diese Kekse zu genießen, aber ich muss dir etwas sagen…" Er sah zu dem Keks und dann wieder zu ihr.

Sie beobachtete ihn immer noch.

„Offensichtlich ist das, was du mir sagen willst, nichts Gutes. Jetzt ist meine Neugier geweckt. Was ist los?"

„Am Samstag…" Er legte den Keks zurück auf den Teller und wischte sich die Hand an der Serviette ab, bevor er sich nach vorn beugte und seine Ellbogen auf die Knie stützte, sodass er näher bei ihr war. Er wollte nicht, dass Hazel hörte, was er sagte, oder dass sie von seinen Lippen las, wenn sie in der Nähe des Fensters war. Das war zwar eher unwahrscheinlich, aber er wollte kein Risiko eingehen. Er fing noch einmal von vorne an. „Am Samstag war ich nicht nur dort draußen, um das Weideland in Augenschein zu nehmen. Sondern weil ich mir ziemlich sicher bin, dass sich da draußen ein Berglöwe herumgetrieben hat."

Fassungslos ließ sie ihren Keks in den Schoß fallen, und ihm rutschte das Herz in die Hose.

KAPITEL NEUN

Sydney starrte Dustin an. Ihr Herzschlag donnerte bis in ihre Kehle. „Willst du sagen, da war ein Berglöwe in der Nähe, als wir am Wasser waren?" Sie zwang die Frage heraus.

„Ja, das vermute ich. Ich war dort, um zu sehen, ob ich irgendwelche Anzeichen finden würde, die meinen Verdacht bestätigen. Wir haben im Abstand von ein paar Tagen zwei tote Kühe gefunden. Die zweite vor etwa drei Wochen. Die Kühe waren gesund, sie waren weder krank noch schwach. Wir sind nicht ständig dort, deswegen waren sie schon mehrere Tage tot, als wir sie fanden. Kojoten hatten sich bereits über sie hergemacht, sie verschwenden keine Zeit, sie sind schnell und fressen im Rudel. Wir haben in der Nähe nur Abdrücke ihrer Pfoten gefunden. Ich hatte gleich einen Verdacht, aber weil hier niemand wohnte, machte ich mir keine allzu großen Sorgen. Berglöwen kommen meist nachts heraus. Doch als ich hörte, dass ihr hier eingezogen wart, habe ich mir dann doch Sorgen gemacht und beschlossen, mir alles anzusehen.

Normalerweise greifen sie keine Menschen an. In Kalifornien ist die Lage problematischer, aber hier in Texas nicht, zumindest bisher nicht. Ich war trotzdem besorgt, weil ihr jetzt hier seid. Also bin ich rausgeritten und habe nach Spuren gesucht und dich ins Wasser fallen sehen. Nicht unbedingt, was ich erwartet hatte, aber ich denke, ich war dort, um dir helfen zu können und bin sehr froh darüber."

„Ich auch."

Er platzte beinahe vor Freude, als er ihre Worte vernahm, zwang sich aber, sich auf seine Warnung zu konzentrieren. „Ich habe meinen Brüdern von meiner Befürchtung erzählt und sie wollten sofort herkommen und nach dem Rechten schauen. Dass ihr hier seid, hat auch sie in Alarmbereitschaft versetzt. Wir waren den ganzen Tag dort, haben aber nichts gefunden. Nichtsdestotrotz fand ich, dass ich dir sagen muss, warum ich dort gewesen bin."

Sie hatte ihren Teller neben die Limonade auf den Tisch gestellt. Ihre Hände waren fest miteinander verschlungen und ihre Augen vor Angst weit aufgerissen. Er war sich sicher, dass ihre Gedanken rasten. „Das heißt, das Tier könnte denken, dass es hier unbehelligt umherstreunen kann, weil ihr nur selten hier seid und lange niemand im Haus gelebt hat. Du willst mir sagen, dass wir vorsichtig sein müssen."

„Ja, genau, deswegen bin ich hier. Ich wollte dich wissen lassen, dass es gerade keine gute Idee ist, zum Fluss hinunterzugehen. Ich weiß, dass Hazel den Ort liebt. Das tue ich auch, deswegen verstehe ich sie. Ich und die Männer der Familie kümmern uns darum. Wir haben deine Großeltern geliebt und sind äußerst dankbar, dass wir das Grundstück kaufen konnten, wir alle denken, dir und Hazel steht es zu, das Land zu durchstreifen, wenn ihr wollt. Die Rinder stören sich nicht daran. Passt bloß wegen Schlangen auf – das ist auch wichtig.

Doch dass da womöglich ein Berglöwe umherstreunt, von dem keiner weiß, was er tun könnte, ist nicht gut. Sie bewegen sich viel und ich hoffe, dass er schon weitergezogen ist, aber ich muss sicher sein. Es ist schon mal gut, dass wir heute keinerlei Hinweise darauf gefunden haben, dass er noch da ist. Trotzdem müsst ihr vorsichtig und aufmerksam sein. Wir waren uns alle einig, dass ich dich über die Situation in Kenntnis setzen sollte."

Zu seiner Überraschung streckte sie die Hand aus und legte sie um seine beiden verschränkten Hände und drückte sie sanft.

Überbordende Energie strömte unvermittelt durch seinen Körper und versetzte ihn in Alarmbereitschaft. Solche Dinge sollte er nicht für sie fühlen. Er sah ihr in die Augen, ihre wunderschönen smaragdgrünen Augen.

„Danke, dass du es mir gesagt hast. Danke, dass du neulich dort warst… und danke besonders dafür, dass ich nun weiß, dass ich sie im Auge behalten muss. Sie spielt gerne draußen. Wenn der Sommer kommt, wird sie häufiger draußen sein. Sie ist eine Abenteurerin und ich hoffe…" Sie drückte seine Hand fester.

Dies tat sie nicht, weil sie sich zu ihm hingezogen fühlte, sondern weil sie etwas brauchte, an dem sie sich festhalten konnte, während sie mit der Angst kämpfte, die sie durchströmte, während sie gleichzeitig Dankbarkeit empfand, weil er gekommen war und sie gewarnt hatte. Mehr hatte es nicht zu bedeuten.

Er gab ihr einen Moment und wartete, bis sie zu Ende gesprochen hatte. Hätte er eine Hand freigehabt, dann hätte er ihre umschlossen, doch sie hielt seine fest, also begnügte er sich mit einem Nicken. „Wenn ich muss, verbringe ich die Nacht dort draußen auf dem Kamm, das verspreche ich dir. Zögere nicht, mich um Hilfe zu bitten. Du weißt jetzt Bescheid, lass es mich wissen, wenn du Pfotenabdrücke oder Kadaver siehst. Seid auf der Hut. Du kannst draußen arbeiten, ich denke, es wird ein wunderschöner Garten und er wird das Bed & Breakfast noch charmanter machen. Ich denke, du wirst dort herumlaufen wollen und nehme an, der Berglöwe wird nicht näherkommen, wenn er noch da ist. Ich möchte nur, dass du vorsichtig bist und sie nicht allein zum Wasser gehen lässt."

„Danke", sagte sie atemlos, während ihr Blick von seinen Augen auf seine Hände fiel. Als hätte sie erst in diesem Moment gemerkt, was sie tat, ließ sie plötzlich seine Hand los und zog ihre zurück in ihren Schoß. „Danke. Ich weiß, ich sage das oft. Aber ich bin mit Hazel allein. Meine Familie lebt in der Stadt und mag es dort. Danke, dass du auf uns achtgibst. Ich weiß das sehr zu schätzen."

Er zog seine Hände zurück und setzte sich auf. „Es freut mich, dir als Freund auf jede erdenkliche Weise zu helfen. Ich, meine Brüder und unsere beiden Cousins, die bei uns leben, sind uns einig, dass wir für euch da sind. Deine Großeltern haben uns viel bedeutet, aber Johnny standen wir näher. Dieser Mann liebte Rinder und alle anderen Tiere, und als deine Großmutter krank wurde und er das Land an uns verkaufte, brachten wir manchmal ein Pferd her, damit er mit uns reiten konnte, um sie zusammenzutreiben. Er hat das wirklich genossen. Soweit es uns betrifft, ist dieses Land genauso eures wie unseres und ihr könnt darauf umherstreifen, so viel ihr wollt. Und wir werden dafür sorgen, dass das unbeschwert möglich ist."

Er konnte sehen, dass sie kurz davorstand, in Tränen auszubrechen, doch sie blinzelte sie fort und schenkte ihm ein Lächeln; ein rührendes Lächeln, das ihn mit seiner Sanftheit tief berührte.

„Es ist, als hätte mein Großvater gewusst, dass hier unser Platz ist. Er hätte das Grundstück uns allen hinterlassen können und wir hätten es verkaufen müssen. Aber er wusste, dass ich einen Ort brauchte, an den ich nach Nelsons Tod kommen konnte. Auch wenn es ein bisschen gedauert hat, bis ich das erkannt habe. Doch er wusste, dass mein Herz hier in dieser wunderbaren kleinen Stadt ein neues Zuhause finden würde. Und ich mein Kind hier aufziehen könnte. Genauso wie er wusste, dass es hier besondere Menschen wie dich und deine Brüder und die anderen Bewohner der Stadt gib, die uns liebevoll aufnehmen würden. Also vielen Dank. Ich bin dankbar. Äußerst dankbar."

„Ich freue mich auch, dass ihr hier seid. Hier ist meine Ranch-Visitenkarte", er zog die Karte aus seiner Hemdtasche, die er für sie eingesteckt hatte. „Wenn du etwas brauchst, ruf mich bitte an."

Sie nahm die Karte und starrte sie einen Moment lang an, dann blickte sie zu ihm und nickte. „Nochmals vielen Dank. Hoffentlich besteht kein Grund, dich anzurufen."

* * *

Kurz darauf gingen sie den Flur entlang. Sie hatte die Kekse, die er nicht gegessen hatte, zusammen mit vier weiteren in eine kleine Plastiktüte gegeben. Als sie ihm diese gereicht hatte, war ihm aufgefallen, dass sie darauf geachtet hatte, dass sich ihre Finger nicht berührten. Das hatte etwas in seinem Hinterkopf zum Kribbeln gebracht. Er schob diesen Gedanken beiseite, bevor er noch recht einer werden konnte. Anschließend war er auf die Haustür zugegangen, um die Flucht zu ergreifen. Er versicherte ihr, dass er sie darüber in Kenntnis setzen würde, wenn sie etwas entdecken würden. Sie waren schon fast an der Tür, als Hazel den Flur entlanggerannt kam und ihn mit ihrer Energie zum Lächeln brachte.

„Okay, wann laufen wir über den Baumstamm??"

„Oh, äh…", murmelte er und sah hilfesuchend zu ihrer Mutter. Was sollte er sagen? Darüber hatten sie nicht gesprochen.

Sydney lächelte ihre Tochter an. „Nun, ich weiß

noch nicht genau, wann wir das tun werden, aber wir machen das auf jeden Fall nur, wenn Dustin mit uns gehen kann. Das verstehst du, oder? Du gehst in keinem Fall ohne ihn dorthin? Verstanden?"

Hazel blickte erst sie an, dann ihn und nickte schließlich feierlich. „Okay, ja, ich verspreche, nicht ohne ihn zu gehen. Mama, du siehst besorgt aus. Ich werde nichts tun, was dich zum Weinen bringt. Wirklich nicht. Das verspreche ich. Aber können wir das bald machen?"

Ihr Blick traf seinen. „Wenn deine Mutter Ja sagt, gehen wir. Wann immer es passt." In Sydneys Gesicht sah er deutlich deren Verunsicherung.

„Für heute ist es zu spät. Und am Samstag findet die Hochzeit von Genna und West statt, wie ich gehört habe. Sie hat uns heute Morgen eingeladen." Sie sah ihre Tochter an und dann wieder zu ihm, „Samstag ist also auch kein guter Tag, weil wir da alle zu einer Hochzeit gehen. Vielleicht am Sonntag. Das verschafft uns ein paar Tage."

So wie sie das sagte, wusste er, dass sie ihm mehrere Tage gab, um einen Berglöwen zu fangen, wenn möglich. Er lächelte. „Ja, das verschafft uns ein paar Tage. Wir stecken mitten in den Hochzeitsvorbereitungen und ich muss morgen noch einen Smoking anprobieren. Beziehungsweise eine Smokingjacke. Wir tragen Jeans und Stiefel, schließlich sind wir Cowboys – ihr wisst, wie das ist. Aber für Genna und weil es unser erster Bruder ist, der heiratet, werden wir Smokingjacken tragen. Meine Eltern sind begeistert."

Er gluckste, denn das ließ sich nicht bestreiten. „Normalerweise reisen sie um die Welt, aber momentan sind sie ganz aus dem Häuschen und unvorstellbar aufgeregt, sie sind extra gekommen, um alles auf der Ranch vorzubereiten. Am Freitag haben sie uns alle zum Abendessen eingeladen und es wird ein großartiger Abend werden. Am Samstag wird die reizende Genna meine Schwägerin. Irgendwie hat sich das alles wunderbar gefügt. Ihr Leben lang ist sie mit ihren Eltern umhergereist und dann hat sie eines Tages aus heiterem Himmel beschlossen, in den Ort zu fahren, an den ihre Mutter so viele Kindheitserinnerungen hat, von denen sie ihr immer berichtete. Und dann hat sie Lone Star zu ihrer neuen Heimat gemacht. Es ist kaum zu glauben. Und…", er gluckste vergnügt, „sie hat in ihrem ganzen Leben noch nie Ziegen besessen, liebt diese Tiere aber abgöttisch. Sie hat sich immerzu online Ziegenvideos angesehen, dann lernte sie meinen Bruder kennen und der liebt Ziegen ebenfalls. Es war wie vorherbestimmt.

Wir alle lieben die Ziegen, meine Großmutter hat sich um sie gekümmert. Ihre Familie besaß schon immer Ziegen, Schweine und Schafe und außerdem hatten sie Obst und Gemüse auf ihrem Bauernhof. Mein Großvater züchtete Kühe und Pferde, und als die beiden sich kennenlernten und ineinander verliebten, verbanden sie diese beiden Interessen. Wir sind zwischen Rindern und Ziegen aufgewachsen. Jeder von uns lebt in seiner eigenen Hütte auf der Ranch und wird sich ein Haus bauen, wenn er so weit ist. West hatte schon immer eine Schwäche für das Haus unserer Großeltern und fragte schon früh, ob er eines Tages darin leben kann." Er hielt inne. „Wahrscheinlich langweile ich euch zu Tode."

„Nein, tust du nicht", platzte Hazel heraus. „Züchtet dein Bruder jetzt Ziegen?"

Er lächelte. „Ja. Unsere Großeltern haben ihm das Haus hinterlassen, weil er die Ziegen genauso sehr liebt wie früher meine Großmutter. Er lebt inzwischen dort, erledigt die Buchhaltung der Ranch und hilft mit den Rindern, wenn er mal aus dem Büro muss. Doch am liebsten kümmert er sich um Grandma's Ziegen und züchtet sie. Quasi im eigenen Vorgarten, und in der Scheune des Hauses. Dort werden er und Genna leben. Ihr zwei könntet mal vorbeikommen und euch die

Ziegen anschauen. Hättest du darauf Lust?", fragte er Hazel.

Sie strahlte erst ihn an, dann ihre Mutter. „Dieser Mann kennt sich aus." Sie sah wieder ihn an. „Ja, ich würde sehr gern die Ziegen sehen. Wann kann ich kommen?"

„Das werde ich mit deiner Mutter besprechen. Ich werde mich um die Ziegen kümmern, wenn die beiden in den Flitterwochen sind. Das heißt, die Ziegen werden sich ab Samstag, wenn die beiden nach ihrer Hochzeit zum Flughafen fahren, in meiner Obhut befinden. Ich werde also ohnehin häufig dort sein, um sie zu füttern und für frisches Wasser zu sorgen. Du bist jederzeit herzlich willkommen. Vielleicht hast du sogar mehr Lust darauf, vorbeizuschauen und Ziegen jeden Alters dabei zuzusehen, wie sie in ihrem Garten auf verrückten Bauwerken herumklettern, als über diesen Baum zu laufen. Die Ziegen erklimmen alles. Du solltest die großen, alten, übereinander gestapelten Fässer sehen – sie sind aneinander befestigt, damit sie nicht davonrollen. Die lieben sie. Außerdem haben wir zwei Esel, auf die sie gerne draufspringen." Sie grinste und er tat es ihr gleich. „Den Eseln gefällt das. Sie gönnen den Ziegen den Spaß, es sind zwei gutmütige alte Gesellen. Aber ich muss dich warnen..." Sein Blick wanderte zu Sydney. Sie sah ihn an, als hätte er magische Worte gesprochen. Das tat ihm gut. „… es kann sein, dass sie nicht mehr gehen will, wenn sie erst einmal da ist."

„Nun, ich muss zugeben, dass du auch mich mit der Geschichte gefesselt hast. Ich erinnere mich daran, dass ich sie vor vielen Jahren ein, zwei Mal gesehen habe, als mein Großvater aus irgendeinem Grund deinen Großvater besuchte. Ich kann es kaum erwarten, sie wiederzusehen."

Er hatte sie damals nicht gesehen, entweder war er nicht dort gewesen oder er hatte mit seinem Vater gearbeitet und nicht auf Besucher geachtet. „Vielleicht am Sonntag? Anstatt über den Baumstamm zu laufen, könntet ihr beide vorbeikommen, wenn ich dort bin um sie zu füttern. Was meint ihr?"

Sie sah ihre Tochter an, die nickte. „Ja, ich kann es kaum erwarten. Gibt es auch ganz kleine mit winzigen, hervorstehenden Hörnern? Und große?"

„Aber sicher. Einige sind wirklich klein, es ist, als würde man einen kleinen Hund halten. Sie haben alle möglichen Größen, doch sie alle lieben es, herumzuspringen und zu spielen. Allerdings solltest du dich vielleicht nicht mit ihnen auf den Boden setzen, denn dann fangen sie erst recht an, um dich herumzutollen. Du kannst mir auch gern dabei helfen, sie zu füttern."

Sie lachte. „Ich liebe das." Dann stürzte sie sich auf ihn, schlang ihre Arme um sein Bein und klammerte sich daran fest. „Du machst mich glücklich. Richtig glücklich. Ich kann es kaum erwarten, die Ziegen zu sehen."

Der Ausdruck auf ihrem Gesicht brachte sein Herz zum Schmelzen. Er dachte immer noch daran, als er davonfuhr, und auch daran, wie ihn ihre Mutter angesehen hatte. Doch auf den Ausdruck in ihren Augen baute er besser keine Hirngespinste; sie war noch nicht bereit und er würde sie nicht unter Druck setzen. Täte er das, würde er sie wahrscheinlich für immer vertreiben. Sein Angebot war kein reiner Akt der Freundlichkeit, er war verrückt nach Hazel und ihrer Mutter. Zeit mit ihnen brachte ihn zum Lächeln und sorgte dafür, dass er sich auf eine Art und Weise lebendig fühlte, wie er es noch nie zuvor gewesen war. Das war ein Gefühl, dass er nie wieder missen wollte.

Oh ja, einmal im College hatte er geglaubt, verliebt zu sein, doch er war verletzt worden und hatte diese Tür geschlossen – nein, er hatte sie schwungvoll hinter sich zugeworfen, diese Tür zu seinem Herzen. Umso überraschender war es, dass Sydney ihn nur einmal hatte ansehen müssen und er augenblicklich alles, was das Mädchen im College und damals getroffene Entscheidungen anging, vergessen hatte.

Aber so sehr er sich auch wünschte, sie würde ihr Herz öffnen und wieder lieben können, das war nichts, was er forcieren würde. Er würde für die beiden da sein, was immer sie von ihm brauchten.

Und diese Vorstellung brachte ihn innerlich zum Lächeln.

KAPITEL ZEHN

Am Tag nach Dustins Besuch, bei dem er sie über den Berglöwen informiert hatte, brachte Sydney ein schwatzendes kleines Mädchen zu deren neuer Schule. Anschließend fuhr sie zurück in die Stadt zu Josie Jane's Wash and Repeat. Josie Jane stand an der Theke und hinter ihr sah Sydney all die Sitzgelegenheiten, an die sie sich aus ihrer Jugend erinnerte. Auf einer von ihnen saß um noch nicht einmal acht Uhr morgens die große, schlaksige Millie, der auf der anderen Straßenseite ein Laden gehörte. Beide lächelten sie begeistert an.

„Guten Morgen. Wir sprechen gerade über die nächste Tanzveranstaltung, die wir planen", sagte Josie Jane.

Millie klopfte auf den gepolsterten, mit geblümtem Stoff bezogenen Stuhl neben ihr. „Wir freuen uns schon sehr darauf."

„Ja, das tun wir. Der letzte Tanz war einfach großartig, alles daran. Und wir haben gehört, dass du aus deinem Haus ein Bed and Breakfast machst, so wie wir gehofft hatten. Wir wollten dich besuchen kommen und fragen, wann es so weit sein wird. Wir könnten den Tanz darum herum planen, wie eine Art Eröffnungsfeier oder etwas in der Art. Wir wissen, dass du schnell ausgebucht sein wirst. Aber wir hoffen, dass auch du zu unseren Tanzveranstaltungen kommen kannst."

„Ja, hoffentlich kannst du das Haus abschließen und mit deinem kleinen Mädchen zum Tanz kommen, ihr würdet so viel Spaß haben."

Sie lächelte die beiden an und dachte darüber nach. „Es freut mich, dass ihr so aufgeregt seid. Das bin ich auch. Darüber wollte ich mit euch sprechen; aber ihr habt mich auf eine wichtige Sache aufmerksam gemacht. Ich muss mich darum kümmern, dass ich das Haus verlassen kann… hm, jede Tür im Haus muss einen eigenen Schlüssel bekommen und einen Schlüsselring mit einem weiteren für die Eingangstür des Hauses. Dann kann ich abschließen und kommen. Hoffentlich werden meine Gäste vertrauenswürdige Menschen sein, ich möchte mir nicht ständig Sorgen darum machen müssen, dass die geliebten Sachen meiner Großeltern gestohlen werden. Ich werde über ein paar Dinge nachdenken müssen und diese dann prüfen.

Gestern habe ich ein Unternehmen in Marble Falls angerufen, wo Jasmine zurzeit lebt. Sie hat mir ein paar Firmen empfohlen, die ihre Verwandten in der Vergangenheit mit Renovierungen beauftragt haben. Bald kommt jemand zu mir und erstellt einen Kostenvoranschlag für das Streichen der Räume. Sie meinten, sie hätten ausreichend Handwerker und könnten bald jemanden schicken.

Das klingt also schon mal gut. Da ihr alle so viel über mein B&B redet, werde ich vielleicht schon ausgebucht sein, bevor ich eine einzige Anzeige geschaltet habe. Jasmine meinte, ihre Mutter wird dafür sorgen, dass das Haus einmal komplett voll wird, und dann wird es sich wahrscheinlich eh herumsprechen. Ich mache mir keine Sorgen, dass ich nicht genug Gäste haben werde. Mit dem Geld von Nelsons Versicherung und dem, was meine Großeltern mir und meiner Familie hinterlassen haben, brauche ich das Geld eigentlich nicht. Ich möchte einfach nur, dass es ein Erfolg wird und der Stadt zugutekommt, deshalb freue ich mich schon sehr darauf. Es gibt mir eine wunderschöne Aufgabe, an die ich denken kann, neben der Erziehung meiner lieben Tochter. Die auch schon ganz aus dem Häuschen ist. So, hier bin ich also. Was muss ich eurer Meinung nach noch tun? Ich habe gehört, dass eure Läden fantastisch sind, also werde ich anfangen, hier nach netten Kleinigkeiten für die Umgestaltung der Räume zu suchen, sofern ich etwas brauche. Mir gefällt der Gedanke, dafür auf lokale Geschäfte zurückzugreifen."

Josie Jane grinste breit. „Was für eine wunderbare Idee. Schau dich einfach um, und wenn du etwas siehst, dass du kaufen möchtest, mache ich dir einen besseren Preis. Ich bin so froh darüber, dass du hier bist – ich möchte dir helfen."

„Ich auch", sagte Millie mit breitem Lächeln. „Diese Stadt bedeutet mir alles. Ich freue mich, dass sich alle so für das begeistern, was wir tun. Wir werden eine wunderbare Tanzveranstaltung auf die Beine stellen. Mir sind noch ein paar Ideen gekommen. Wir haben immer noch Sommer und viele Besucher in der Gegend, deshalb haben wir uns überlegt, ob wir nicht noch ein paar Attraktionen ergänzen könnten. Zum Beispiel einen Streichelzoo für Kinder. Ich habe gehört, dass die Buckleys eine Ziegenfarm besitzen, und Genna hat mir erzählt, wie sehr sie es liebt, ihnen beim Spielen zuzusehen und sie zu streicheln. Ich habe mit Josie Jane darüber gesprochen, und wir haben geplant, sie zu fragen, ob sie uns ein paar Tiere für einen Streichelzoo zur Verfügung stellen. Es wird also nicht nur den Tanz geben, sondern auch noch andere Vergnügungen. Unsere Geschäfte werden geöffnet sein, und wir werden für Stände mit Erfrischungen sorgen. Denn auch wenn Red und Ruby ihr Restaurant öffnen, werden die Kapazitäten wahrscheinlich nicht für all die Leute reichen, die wir erwarten."

„Das stimmt", bekräftigte Josie Jane. „Was denkst du?"

Sydney hatte bereits nach der Hälfte der umfangreichen Erklärung angefangen zu grinsen. „Ich kann euch sagen, Hazel wird die Idee lieben. Sie hat erst gestern von den Ziegen erfahren, am Sonntag fahren wir dorthin, um sie uns anzuschauen. Hazel ist begeistert. Deshalb bin ich mir sicher, dass diese Idee bei den Kindern großen Anklang finden wird. Ich kann euch am Montag mitteilen, ob mein Daumen eher nach oben oder nach unten zeigt, aber mein Bauchgefühl sagt mir, dass es sogar zwei nach oben zeigende Daumen sein werden."

„Wunderbar", sagte Josie Jane langsam, wobei ihr Blick für einen Moment den von Millie suchte.

Sydney war sich nicht sicher, was das zu bedeuten hatte, daher ignorierte sie es. „Ich selbst denke auch darüber nach, einen kleinen Pferch für ein paar Ziegen bauen zu lassen und mir einen Hund zuzulegen. Wenn Hazel die Ziegen so ins Herz schließt, wie ich mir das vorstelle, dann könnte sie sich um unsere eigenen Tiere kümmern und diese mit Liebe überschütten. Und die

Gäste würde das sicher auch freuen. Das B&B könnte einen kleinen Streichelzoo bekommen oder ein gemütliches Plätzchen, an dem man sitzen und ihnen beim Spielen in ihrem umzäunten Bereich zusehen kann. Ich habe Hazel noch nichts davon erzählt, aber ich weiß, dass sie ganz aus dem Häuschen sein wird. Damit habe ich mich gedanklich beschäftigt, seit Dustin uns eingeladen hat, dorthin zu fahren."

„Dustin kam vorbei und hat euch eingeladen?" hakte Josie Jane nach.

Sydney studierte ihre leuchtenden, neugierigen Augen. „Nun, ja, ihr wisst ja, dass er mich aus dem Wasser gezogen hat – Gott sei Dank. Wie ich herausgefunden habe, ist mehr an der Geschichte dran, als ich zunächst dachte. Es betrifft den Grund, aus dem er an jenem Tag dort war. Er ist gestern vorbeigekommen und hat mir davon erzählt. Auch wenn ich sie nicht selbst gesehen habe, scheinen gestern alle Buckley-Männer in der Schlucht gewesen zu sein, bevor er bei uns vorbeikam. Sie haben nach einem Berglöwen gesucht; sie vermuten, dass ein solches Tier Ende letzten Monats zwei ihrer Rinder getötet hat. Das hat er mir gestern sagen wollen."

„Ein Berglöwe? Ach du meine Güte", keuchte Josie Jane.

Millie hob eine Hand. „Warte, du hast gesagt,

gegen Ende des letzten Monats? Also vor ungefähr drei Wochen? Das ist gut. Er könnte bereits wieder weg sein. Höchstwahrscheinlich ist er das auch."

Josie Jane und Sydney blickten die ehemalige Rodeo-Meisterin an.

„Woher weißt du sowas?", fragte Josie Jane.

„Genau, woher? Dustin hofft auch, dass es so ist, aber er will sichergehen, dass Hazel und ich nicht in Gefahr schweben."

Millie schwenkte ihre Hand in der Luft herum und lehnte sich dann in ihrem Stuhl zurück. „Mein Vater und Großvater waren Jäger. Sie nahmen oft an Jagdexpeditionen teil und sprachen häufig darüber. Berglöwen waren eines ihrer Lieblingsthemen. Sie leben allein und ziehen meist umher. Ihr Gebiet erstreckt sich durchschnittlich über fünf bis einhundert Quadratmeilen. Und nur um das in Relation zu setzen, eine Quadratmeile entspricht etwa zweihundertsechzig Hektar. Sie sind also viel unterwegs."

Josie Jane und Sydney blickten sich erstaunt an. Dann sah Sydney zurück zu dem erstaunlichen Cowgirl an ihrer Seite, das sich offensichtlich nicht nur mit Pferden auskannte. „Vielleicht sollte Dustin mit dir reden. Er meinte, er habe sich informiert und denkt, dass das Tier wahrscheinlich weitergezogen ist, da die Angriffe schon mindestens drei Wochen vor unserem

Einzug stattfanden, aber er hatte dennoch das Gefühl, es uns mitteilen zu müssen."

Millie lächelte. „Er ist ein guter Mann. Ich kann auf jeden Fall mit ihm sprechen, denke aber, dass er sich bestens informiert hat. Doch es gibt da noch etwas Positives, das ich ihm auf jeden Fall mitteilen werde. Berglöwen markieren ihr Gebiet, mehr als einer streift also nicht darin herum. Außer es ist Paarungszeit, aber die dauert nur ein paar Tage… nicht mehr als zehn, glaube ich." Sie lachte. „Vielleicht war er deswegen ein wenig länger als üblich in der Gegend, vielleicht hat er sich gepaart. Lasst mich kurz überlegen… ich glaube, die Paarungszeit geht von Dezember bis… März. Ah, dann war es nicht die richtige Jahreszeit. Wie auch immer, wir können beinahe sicher sein, dass diese große Geisterkatze, auch Puma genannt, weitergezogen ist. Man kennt ihn unter mehr als vierzig verschiedenen Namen." Sie grinste nach dieser langen und interessanten Erklärung.

„Du meine Güte, Millie. Ich bin beeindruckt." Josie Jane lachte. „Lady, du solltest häufiger so viel reden. Ich bin ganz von den Socken. Und erleichtert in Bezug auf dich, Sydney."

Sydney ging es ähnlich. Diese Frau war eine wandelnde Enzyklopädie und offensichtlich hatte niemand in der Stadt auch nur die leiseste Ahnung davon. „Du hast mir einen Großteil der Sorgen genommen, ich werde das Dustin erzählen. Aber jetzt bin ich neugierig, was weißt du sonst noch über dieses Thema?"

„Ja, erzähl uns alles. Anschließend werde ich mir furchtbar schlau vorkommen." Josie Jane lachte laut, ihre grünen Augen funkelten.

Millie kicherte und fuchtelte erneut mit den Händen in der Luft herum. „Ich habe ein gutes Gedächtnis, jetzt wisst ihr es. Okay, also… die einzige Wildkatze, die größer ist als der Berglöwe, ist der Jaguar. Berglöwen können ungefähr vierzig Meilen pro Stunde zurücklegen – nein, fünfundvierzig. Und damit ihr euch keine Sorgen macht, normalerweise greifen sie keine Menschen an. Das kommt ab und zu mal vor, in Texas aber nur äußerst selten, hier haben sie genug Platz, um sich zu verstecken und uns aus dem Weg zu gehen. Lasst mich kurz nachdenken…"

Grüblerisch vor sich hinstarrend schien sie in ihrem Gedächtnis nach weiteren Fakten zu suchen. „Für gewöhnlich reißen sie keine Rinder, aber es kann vorkommen. Wenn viele Kojoten oder Wölfe im gleichen Gebiet leben, ist von den Kadavern schnell nichts mehr übrig. Und von denen haben wir hier jede Menge. Kojoten auf jeden Fall. So könnte es gewesen sein. Er hat ein Rind gerissen und sich daran gütlich getan und anschließend haben sich Kojoten über die Reste hergemacht.“

„Ja, Dustin hat so etwas gesagt – sie haben keine Pfotenabdrücke eines Berglöwen gesehen, nur die von Kojoten.“

Sie lächelte. „Da haben wir's. Wie ihr seht, war ich ein wenig in diese Tiere vernarrt. Ich habe meinem Vater und Großvater stundenlang zugehört, wenn sie über sie sprachen. Und in meiner Jugend habe ich immerzu alles nachgelesen, wenn ich nicht gerade auf meinem Pferd saß. Ich wollte alles wissen und habe viele Bücher gelesen. Durch die beiden entwickelte ich ein großes Interesse an Berglöwen; sie haben das sehr geschätzt und mir viele Fragen gestellt.“ Sie grinste. „Mein Gedächtnis war besser als ihres.“ Ihre Augen funkelten und alle lachten.

Diese Frau war einfach unglaublich. Sydney lachte so sehr, dass sie sich in ihrem Stuhl zurücklehnte und sich den Bauch hielt. „Du hast mir den Tag versüßt. Wirklich! Ich hoffe, auch Dustin empfindet das als hilfreich, wenn ich es ihm erzähle. Vielleicht sollte ich ihn anrufen und einladen, hier vorbeizukommen. Dann kann er sich persönlich von deinem erstaunlichen Gedächtnis überzeugen.“

„Ja, gute Idee. Sie ist wirklich einzigartig“, sagte Josie Jane mit einem breiten Grinsen.

„Ich spreche gern mit ihm. Jetzt erzähl uns mehr darüber, was ihr mit Dustin unternehmen werdet."

Sie lächelte. Wie konnte sie Dinge für sich behalten, nachdem diese kluge Frau mit dem unglaublichen Gedächtnis so offen gewesen war?

„Nun, er wird Hazel die Ziegen zeigen und sie mit ihnen spielen lassen. Das wird sie lieben. Und ich werde meine Freude daran haben, ihr dabei zuzusehen. Das ist alles." Sie hoffte, den beiden nicht unverblümt ins Gesicht sagen zu müssen, dass nichts Romantisches geschehen würde. Zum Glück blickten sich die beiden nur kurz an, bevor sie wieder zu ihr sahen und nickten.

Sie war sich nicht sicher, ob sie diesem Nicken Glauben schenken konnte oder nicht, aber sie konnte auch nicht gut fragen, ob sie das ernst meinten oder ob ihre Mutmaßungen in eine andere Richtung gingen. Und unter gar keinen Umständen würde sie zugeben, dass ihre Gedanken zu ihrer großen Verwunderung und Bestürzung in der vergangenen Nacht, als sie nicht hatte schlafen können, zu Dustin gewandert waren. Doch es war seine Freundlichkeit gewesen, an die sie gedacht hatte. Es war, als hätte er verstanden, dass ihr Kind ihr alles bedeutete und dass dieses sich nach Dingen sehnte, die sie an die Zeit mit ihrem Vater erinnerten.

Sie unterdrückte die in ihr aufsteigenden Gefühle. Hazels geliebter Vater war nicht mehr bei ihnen und konnte solche Momente nicht mehr mit ihr verbringen. Sie fühlte sich nicht auf diese Weise zu Dustin hingezogen, auch wenn sie ihn in einem äußerst positiven Licht sah; es war beinahe so, als hätte er das verstanden und würde sich wohl damit fühlen, einen Teil dieser Rolle zu übernehmen. Das hatte begonnen, als er ins Wasser gesprungen war, um sie zu retten. Dann hatte er ihr die Anhöhe hinaufgeholfen und sie zu ihrer Tochter zurückgebracht und die Worte ihres kleinen Lieblings vernommen. Es war, als hätte sie dieser Moment zusammengeschweißt.

So sehr sie auch damit haderte, dass jemand an die Stelle ihres geliebten Mannes trat, so wusste sie doch um Hazels großes Herz und darum, dass diese die Aufmerksamkeit brauchte. Dem konnte sie sich nicht in den Weg stellen. Das hätte sie natürlich getan, wenn sie etwas Unlauteres an ihm entdeckt hätte, aber soweit sie das beurteilen konnte, war da nichts dergleichen. Auch in den Augen der Menschen, die gehört hatten, was geschehen war, hatte sie nur Freude darüber gesehen, dass er zur Stelle gewesen war. Niemand hatte auch nur ein schlechtes Wort über diesen Mann verloren.

Das erleichterte sie. Es gab ihr ein gutes Gefühl, noch immer in der Lage zu sein, einen aufrichtigen Mann aus der Masse an Männern zu wählen. Nur war dieser aufrichtige Mann nicht für sie. Er sollte ihrer

Tochter helfen, nach vorn zu schauen und mit dem Verlust ihres Vaters nicht so sehr zu hadern wie sie mit dem Verlust ihres Ehemannes. Es konnte nicht schaden, wenn es Hazel gelang, sich etwas zu öffnen. Das war ihrer beider Neuanfang. Wie ihr Großvater wahrscheinlich geahnt hatte, war Lone Star genau das, was sie gebraucht hatten. Deswegen hatte er ihr dieses großartige Haus hinterlassen. Sie bezweifelte, dass er vorhergesehen hatte, dass sie in einen Fluss fallen und auf Rettung angewiesen sein würde, aber er war ein weiser Mann gewesen, und es gefiel ihr sehr, dass Dustin so nette Dinge über ihn sagte.

Sie fand es unglaublich, dass sie ihm ein Pferd gebracht hatten und ihn zum Viehtrieb mitgenommen hatten, wenn ihm der Sinn danach gestanden hatte, nachdem sie sein Ranchland gekauft hatten. Sein Leben als Viehzüchter hatte ihm alles bedeutet, er hatte es aus Liebe zu ihrer Großmutter aufgegeben, um sich ganz um sie kümmern zu können, als die verheerende Krankheit sie heimzusuchen begann. Dafür würde Sydney ihn immer lieben. Zuletzt hatte er in Erwägung gezogen, ihre Großmutter in einem Pflegeheim unterzubringen, es dann aber bewerkstelligt, eine Pflegekraft einzustellen und sich zu Hause um sie zu kümmern. Sie war schnell von ihnen gegangen und er hatte hart dafür gearbeitet, hier in der Stadt, die sie liebten, ein glückliches Leben zu beginnen. Es hatte ihm viel bedeutet, dass die Buckley-Männer ihn mitgenommen hatten, wenn er den Wunsch danach verspürt hatte. Dafür war sie ihnen unglaublich dankbar.

Und jetzt half ihr einer von ihnen mit ihrer süßen Hazel. Ihrer Kleinen, die alles dafür gab, dass sich ihre Mutter keine Sorgen um sie machte.

Sie musste alles in ihrer Macht Stehende tun, um ihrem Mädchen zu helfen und sie zum Lächeln zu bringen und sicherstellen, dass sie sich keine Sorgen um sie machte. Es wurde Zeit, dass sie versuchte, nicht mehr zu weinen. Drei Jahre waren vergangen und sie spürte Nelsons Anwesenheit, der sie drängte, nach vorn zu schauen. Nach vorn, ihrer geliebten Tochter zuliebe, das konnte sie tun. Deswegen waren sie hergekommen. Niemals hätte sie erwartet, dass jemand wie Dustin ihr dabei helfen würde, die Lücke im Leben ihrer Tochter zu schließen, die ihr Daddy hinterlassen hatte.

„Ich freue mich, dass bald die Handwerker zum Streichen kommen, und dann bin ich auch schon so gut wie fertig – nun ja, ich muss mir noch anschauen, ob ich eine Genehmigung oder etwas in der Art benötige, aber das sollte nicht allzu lange dauern. Ladys, macht euch bereit – in spätestens drei Wochen sollte ich so weit sein. Jasmines Mutter hat mir versichert, dass sie mein Haus mit ihren Freunden füllt, sobald es so weit ist. Sie wird begeistert sein. Sie ist eine erstaunliche Frau, und ich freue mich schon sehr darauf, ihre Tochter noch besser kennenzulernen, die…" Sie hielt inne, beinahe hätte sie gesagt *die scheinbar auch einiges durchgemacht hat,* doch das behielt sie für sich. Sie sollte mit ihren Gedanken zu solchen Themen nicht einfach herausplatzen. Sie wollte nicht darüber spekulieren, was mit jemandem nicht stimmen mochte. Das würde die Zeit zeigen. Aber eines wusste sie: Dies war der richtige Ort, um zu heilen und von vorn zu beginnen.

KAPITEL ELF

Es war eine geschäftige Woche gewesen. Dustin hatte Sydney angerufen, um sich zu erkundigen, wie es ihnen ging und wäre beinahe mit einer Einladung für das gestrige Familien-Abendessen am Vortag der Hochzeit herausgeplatzt. Er war gerade noch rechtzeitig zur Besinnung gekommen, bevor er den Fehler hatte begehen können, sie um so etwas wie ein Date zu bitten.

Morgen würden sie die Ziegen besuchen, als Freunde. Das Ziel war es, Hazel eine Freude zu machen. Er wusste, dass sich Sydney entspannen würde und sie einen vergnügten Tag miteinander verbringen würden, wenn sie sah, wie viel Spaß ihre Tochter hatte. Er konnte es kaum erwarten, die Freude in ihren Augen zu sehen, denn eine Sache konnten diese Ziegen besonders gut und das war es, einen zum Lachen zu bringen.

Er stand vorn neben West. Da Genna ihr Leben lang gereist war, hatte sie keine engen Freundinnen in ihrem

Alter, die den Status einer besten Freundin innegehabt hätten. Daher würde sie allein zum Altar schreiten und sich dort neben den Mann stellen, der ihr bester Freund und zukünftiger Ehemann war und den sie für immer lieben würde.

Dustin lächelte, als er darüber nachdachte. Sie waren kaum ein Jahr auseinander, und er stand hier neben West, weil dieser es ihm hoch anrechnete, dass er ihn in der Nacht des Balls beruhigt und davon abgehalten hatte, alles zu vermasseln und dadurch ihm und Genna geholfen hatte.

Das hatte Dustin berührt und er hatte eingewilligt, der Trauzeuge seines Bruders zu sein. Auch wenn er allen seinen Brüdern und Cousins nahestand, so ließ sich doch nicht bestreiten, dass er und West schon immer auf einer besonderen Wellenlänge miteinander kommuniziert hatten, wenn es um wichtige Dinge ging.

Es freute ihn, hier bei seinem Bruder und dessen Braut zu stehen, aber als er seinen Blick auf die Gästeschar richtete, wurde ihm klar, dass er sich glücklich schätzen würde, während der Zeremonie einen Blick auf Sydney zu erhaschen. Viele Bewohner der Stadt waren gekommen, um mit ihnen zu feiern, wenn die Gelübde vorgetragen und die Ringe angesteckt waren und der Priester sie zu Mann und Frau erklärt hatte. Alle waren hier, um ihre Freude zu teilen und die

Nacht durchzutanzen. Das bot ihm eine gute Gelegenheit, sie seinen Eltern vorzustellen, was er unbedingt tun wollte.

Er betrachtete die Anwesenden aufmerksam. Er hatte sich mit West und dem Priester im rückwärtigen Teil aufgehalten und Sydney und Hazel deswegen nicht hereinkommen sehen. Seine Brüder hatten die Aufgabe übernommen, alle zu ihren Plätzen zu geleiten. Jetzt, wo er mit seinem demnächst frisch verheirateten Bruder und dem Priester bereitstand, konnte er nach ihnen Ausschau halten. Er erblickte die beiden. Sie saßen auf der linken Seite etwa mittig am Gang. Hazel saß direkt am Gang, sodass sie sich zur Seite lehnen konnte, wenn sie besser sehen wollte, was geschah. Das wurde ihm klar, weil sie genau das tat, als sich ihre Blicke begegneten – sie beugte sich vor, grinste ihn an und winkte.

Er erwiderte das Lächeln sofort, hob seine Hand auf Brusthöhe und bewegte seine Finger leicht zum Gruß.

Ihr Grinsen wurde noch breiter, bevor sie sich zu ihrer Mutter drehte. Genau wie alle anderen Anwesenden vernahm er ihre Worte: „Er hat mir zugewinkt, Mama."

Sydney kicherte und beugte sich zu ihrer Tochter herab, offenbar um ihr zu sagen, dass sie nicht ganz so laut sprechen solle, denn im Anschluss lehnte sich Hazel ein Stück nach vorn, grinste und legte einen Finger an ihre Lippen, als wolle sie ihm zu verstehen geben, dass er leiser sein müsse.

Beinahe hätte er gelacht, doch es gelang ihm, die Regung zu einem Lächeln abzuschwächen. Er spürte, wie ihn sein Bruder anstupste und sah zu ihm hinüber. West grinste, offenbar hatte er seinen und Hazels Austausch mitbekommen. Dustin blickte sich um und nahm die Gäste in Augenschein, die in der Nähe von Hazel und Sydney saßen. All jene, die mit Sicherheit mitbekommen hatten, was vor sich gegangen war. Millie und Josie Jane saßen auf der anderen Seite des Gangs in derselben Reihe wie Hazel und Sydney, und grinsten. Ruby und Red saßen hinter ihnen und hatten offensichtlich ebenfalls alles gesehen, denn auch die beiden grinsten.

Ach du meine Güte. Eigentlich sollte er glücklich sein, und es freute ihn wirklich, dass Hazel ausgerechnet ihm zugewunken und ihn angelächelt hatte. Aber er machte sich auch Sorgen – *was, wenn jetzt alle begannen, sich Gedanken zu machen?* Es war nicht zu bestreiten, dass er Sydney ohne Zögern bitten würde, seine Frau zu werden – diese Erkenntnis traf ihn mit voller Wucht, mit einem Mal war ihm klargeworden, wie sehr er sie liebte.

In diesem Moment wünschte er sich, er könnte mit

seinem Bruder die Plätze tauschen und selbst darauf warten, dass Sydney den Gang entlang gelaufen käme. Doch sie hatte das bereits einmal getan und war sehr glücklich gewesen – bis es vorbei gewesen war, weil ihr Mann gestorben war. Dustin wusste, dass er diese Grenze nicht überschreiten konnte – er schlug sich selbst innerlich mit der Faust gegen den Kopf, weil er hier stand und überhaupt an so etwas dachte. Das durfte sich nicht wiederholen. Solche Dinge würden die Leute in dem Glauben bestärken, dass da etwas zwischen ihm und Sydney entstand.

Es war egal, wie sehr er das wollte. Er liebte Sydney. Er kannte sie noch nicht sehr lange, doch nie zuvor in seinem Leben hatte er empfunden, was er für sie empfand. Er versuchte, nicht zu ihr zu schauen, tat es dann aber doch für einen Moment. Sie erwiderte seinen Blick, schaute dann aber rasch wieder nach unten. Doch selbst in diesem kurzen Augenblick war sein Herz auf und nieder gehüpft, um dann anschließend von seinem Brustkorb abzuprallen und nach hinten in seinen Rücken zu schwingen. Er steckte in Schwierigkeiten. *Morgen. Er sollte an morgen denken.* Dann wären sie zu dritt und würden mit den Ziegen spielen. Nur sie drei, niemand anderes wäre anwesend und würde sie beobachten und falsche Dinge annehmen.

Er glaubte zwar nicht, dass diese drei netten Damen

und Red irgendetwas tun würden, um Sydney zu verletzen, aber er wollte auch nicht, dass sie sie versehentlich unter Druck setzten. Er selbst wollte auch nicht unter Druck gesetzt werden. Er wollte nicht, dass Gerüchte aufkamen, und er wusste, dass das Sydney nicht gefallen würde.

Der Hochzeitsmarsch ertönte und die Gäste erhoben sich und drehten sich leicht, um verfolgen zu können, wie Genna und ihr Stiefvater zur Tür hereinkamen. Sie sah fantastisch aus. Sein Bruder heiratete eine schöne Frau. Ihr hübsches, dunkles Haar fiel ihr in Locken über die Schultern, die Hälfte war hochgesteckt und die Haarsträhnen mit dem leichten Rotstich funkelten im Licht. Sie trug keinen… Schleier. Sein Gehirn war nicht ganz auf der Höhe. Nicht alle Frauen trugen einen und ihr Haar war so schön, dass sie es nicht nötig hatte, es zu bedecken. Viele Frauen trugen keinen. Er mochte Schleier, aber es war ihm egal, ob seine Braut einen trug oder nicht. Sydney war die einzige Person, die er heiraten wollte und sie konnte tragen, was immer sie wollte, wenn sie den Gang entlang auf ihn zugelaufen kam.

Sydney wäre mit oder ohne Schleier wunderschön… Er unterbrach seine Gedanken und beobachtete, wie Genna den Gang hinunterging. Ihr Kleid wirbelte hinter ihr umher und sie sah atemberaubend aus mit ihrem strahlenden, überglücklichen Lächeln. Er sah seinen Bruder an. West war völlig gebannt, das sah er an dessen Gesichtsausdruck, seine Augen glitzerten feucht, so verzaubert war er beim Anblick seiner großen Liebe. Dustin konnte verstehen warum.

Er beneidete ihn. Er freute sich für ihn und fragte sich, welcher Buckley sich als nächstes verlieben und heiraten würde. Tief in seinem Herzen wünschte er sich, er selbst wäre es. Als Genna bei ihnen angekommen war und ihr Stiefvater sie an West übergab, traf Dustins Blick auf den von Sydney, und anstatt direkt wieder wegzusehen... begann sein Herz zu rasen, als er Gefühle in ihrem Blick sah. Gefühle, die ihn zu zerreißen drohten. Dann blinzelte sie und wandte den Blick ab.

Er sah zu Hazel hinüber. Ihre Augen strahlten und sie grinste ihn an. Er konnte seine Augen nicht von dem Kind lösen, als sie sich in den Gang beugte und ihm ihren in die Höhe gereckten Daumen zeigte.

* * *

Sydney saß bewegungslos da und beobachtete, wie West und Genna ihre Gelübde sprachen. Ihr Herz zog sich schmerzhaft zusammen, als vor ihrem inneren

Auge Bilder von dem Moment auftauchten, als Nelson und sie sich das Eheversprechen gegeben hatten. Doch als Genna den Gang entlanggelaufen war, war sie dabei ertappt worden, wie sie Dustin ansah.

Ihr war nicht einmal bewusst gewesen, dass sie ihn angeblickt hatte, während sie an ihre Hochzeit mit Nelson zurückdachte. In Dustins Augen hatte ein besonderer Ausdruck gelegen… *Liebe?*

Nur ein anderer Mann hatte sie jemals mit diesem Blick angesehen, ihr geliebter Nelson. Sie hatte diesen Blick nie wieder sehen wollen. Es hatte ihr nicht gefallen, wie heftig ihr Herz auf einmal hämmerte, als sie mit ansah, wie Genna und West Ringe tauschten und ihrem Partner dessen Ring an den Finger steckten. Und dann erklärte der Priester sie zu Mann und Frau. Ihre Brust schmerzte, als er zu West sagte, er könne die Braut nun küssen…

Oh, wie deutlich sie sich an diesen Moment mit Nelson erinnerte. Während die Worte gesprochen wurden, bemerkte sie, dass sie erneut Dustin ansah. *Wieso?*

Sie wandte den Blick ab und starrte auf ihre zitternden Hände. *Was war los mit ihr?*

Ihr Kind saß neben ihr, sie musste sich zusammenreißen – diese Verrücktheit, die von ihr Besitz ergriffen hatte, unter Kontrolle bringen. Nie wieder würde sie den Schmerz durchleben, der sie niedergedrückt hatte, als sie ihren geliebten Ehemann verlor. Das konnte sie nicht. Es tat immer noch zu sehr weh. Ihr Inneres war in Aufruhr und auch wenn sie diese Worte nur zu sich selbst gesagt hatte, traten ihr Tränen in die Augen. Sie holte tief Luft. Sie hatte entschieden, dass sie nach vorn schauen würde. Das hier war nicht nach vorn schauen. Sie konzentrierte sich auf ihre Entschlossenheit. Sie hatte nichts als Freude empfunden, seit sie hergekommen war, und es machte sie glücklich, wenn sie mit ansah, wie gut Hazel sich einlebte. Und morgen… ach du meine Güte, morgen würden sie gemeinsam mit Dustin mit den Ziegen spielen.

Kleinen, mittelgroßen und großen Ziegen. Sie sah den freudigen Ausdruck auf Hazels Gesicht bereits förmlich vor sich. Sie würde in ihrer Begeisterung kaum zu bremsen sein. Sie hatte einige wunderschöne Urlaube mit der damals noch sehr jungen Hazel und ihrem Daddy verbracht. Dieses Kind liebte Reisen. Es war schon eine Weile her, dass sie sich so sehr amüsiert hatte. An der Begeisterung, die ihre Tochter gezeigt hatte, als Dustin ihr von den Ziegen erzählt hatte, hatte sie ablesen können, dass ihr geliebtes Mädchen genauso aus dem Häuschen sein würde wie vor all den Jahren, wenn sie einen besonderen Moment mit ihrem Daddy erlebt hatte. Er war seit drei Jahren nicht mehr bei ihnen – Hazel war fünf Jahre alt gewesen, als sie ihn verloren hatten – als das brennende Gebäude auf ihn gefallen war und ihre Herzen mit ihm verbrannt waren.

Sie spürte, wie ihr schwindlig wurde und Sehnsucht in ihr aufwallte. Oh, wie sie diese wunderbaren Momente vermisste, die sie geteilt hatten. Die Liebe, die sie umgeben hatte… Und obwohl sie es nicht wollte, hob sich ihr Blick und fand Dustin.

Er sah seinen Bruder an, als dieser die Hand seiner Braut in die Höhe hob und verkündete, dass er und die süße Genna nun Mann und Frau waren. Dann gingen sie Hand in Hand unter dem Beifall und Jubel der Anwesenden den Gang entlang. Dustin ließ ihnen ein paar Schritte Vorsprung und folgte ihnen dann.

Als er sich ihnen näherte, sprang Hazel in den Gang, schlang ihre Arme um seine Hüften und umarmte ihn fest.

Tränen stiegen Sydney in die Augen.

„Du hast das großartig gemacht", erklärte Hazel.

Dustin beugte sich zu ihr hinab, ohne sie anzusehen, und umarmte ihre Tochter. „Ich habe es für meinen Bruder und meine nagelneue Schwägerin getan. Ich freue mich schon darauf, dich morgen zu sehen."

„Wir kommen zum Tanz!", quietschte Hazel. „Wirst du nicht beim Tanz sein?"

Sein Blick hob sich und traf kurz auf Sydneys, bevor er ihn wieder auf Hazel richtete. „Ja. Ich werde dort sein. Schließlich ist es die Hochzeit meines Bruders und wir müssen diesen glücklichen Tag gebührend feiern. Bist du sicher, dass ihr kommen werdet?" Sein Blick wanderte zu Sydney und sie wusste, dass die Frage an sie gerichtet war.

„Bin ich", verkündete Hazel. „Meine Mama hat es mir versprochen, und sie hat gesagt, dass es neben dem Tanz auch leckere Speisen gibt. Hey, tanzt du mit mir?"

Er gluckste und Sydney hätte beinahe zu weinen angefangen. Hazel hatte es geliebt mit ihrem Daddy zu tanzen.

„Klar tue ich das, wenn deine Mom sagt, dass es okay ist."

Hazel blickte zu ihr auf.

„Natürlich darfst du. Du hast schon immer gern getanzt." Beinahe wäre ihre Stimme gebrochen.

Hazel wirbelte herum und schlang ihre Arme um seinen Hals. „Früher habe ich immer mit meinem Daddy getanzt. Das wird das erste Mal sein…" Ihre Stimme versagte und sie lehnte sich zurück und umfasste Dustins Gesicht mit ihren Händen. „Es ist gut, dass mein erster Tanz, seit mein Daddy gehen musste, mit dir sein wird. Du bist ein toller Kerl." Ihre Stimme zitterte, sie sah zu ihrer Mutter auf und ihre haselnussbraunen

Augen funkelten tränennass. „Das wird lustig, Mama. Wirklich."

Lieber Gott, bitte sorg dafür, dass ich aufhöre zu weinen. Sie rief sich innerlich zur Ordnung und wischte die Tränen fort. „Ja, mein Schatz. Du wirst Spaß haben. Und ich versichere dir, dass dein Daddy vom Himmel aus zusieht und lächelt."

Dustin sah zu ihr auf und, oh Gott, auch er hatte Tränen in den Augen.

Sie zwang sich, stark zu sein. „Sie kann tanzen. Sie ist gut. Sie kennt den Two-Step und einige der schnelleren Tänze. Sie haben immer zusammen getanzt und waren wundervoll."

Er stand auf, tätschelte ihrer süßen Tochter den Kopf und berührte ihre Wange. „Okay, Liebes. Ich muss mit meiner Familie ein paar Fotos schießen. Anschließend suche ich nach dir."

Hazel lächelte ihn an. „Ich warte auf dich."

Dann blickte er zu Sydney. „Wir sehen uns in ein paar Minuten."

Sie nickte, und dann ging er weg, und sie schaffte es, ihm nicht hinterherzusehen.

KAPITEL ZWÖLF

Genna trat überglücklich aus der Scheune, ihr Mann hatte seinen Arm um ihre Taille geschlungen und ihre Freunde und Familienmitglieder jubelten ihnen zu. Freude und Glück, wie sie sie noch nie zuvor empfunden hatte, durchströmten sie. Lächelnd gingen sie zum Fotobereich hinüber. Zuvor waren auch schon Bilder gemacht worden, aber jetzt waren sie endlich Mann und Frau. Glücklich und für immer verbunden, West und Genna Buckley.

Sie erreichten die Fotolocation und lächelten einander an, während sie darauf warteten, dass sich ihre Familie um sie versammelte. Ihre Mutter und ihr Stiefvater strahlten übers ganze Gesicht, als sie auf sie zueilten. Beinahe wären ihr die Tränen gekommen, als sie ihre Arme um die beiden schlang. Dann zog sie ihren geliebten frisch angetrauten Ehemann mit in die Umarmung.

„Es freut mich außerordentlich, dich meinen Schwiegersohn nennen zu dürfen", sagte ihr Stiefvater.

Ihr Herz zog sich zusammen, als sie die Liebe und Aufrichtigkeit des Mannes, der sie aufgezogen hatte, zur Kenntnis nahm und Zeugin dessen wurde, wie er sein Herz dem Mann öffnete, den sie liebte. Sie legte eine Hand an seine Wange, Tränen stiegen ihr in die Augen und sie lächelte zu ihm hoch. Sie liebte diesen Mann, ihren Vater. Oh, wie sehr sie sich wünschte, sie hätte ihren richtigen Vater kennenlernen dürfen. Das war ihr nicht vergönnt gewesen, doch dieser Mann hatte seine Stelle eingenommen und ihr all die Liebe eines Vaters für seine Tochter geschenkt, während er gleichzeitig ihre Mutter so liebte, wie diese es verdient hatte. Sie sah Tränen in den Augen ihrer Mutter, als Genna zärtlich den Mann berührte, dem sie sich anvertraut hatte und der Genna aufgezogen hatte.

„Danke, dass du mich zum Altar geführt hast. Es war perfekt. Und danke, dass du meine Mutter so sehr liebst. Und sie zum Lächeln bringst." Sie sah West an, der die Szene beobachtete. „Wenn ich diesen wunderbaren Mann so zum Lächeln bringen kann, wie du meine Mutter und sie dich, dann weiß ich, dass er glücklich sein wird, und das wird mich ebenfalls glücklich machen."

Ihrer Mutter strömten Tränen die Wangen herab,

dabei wollten sie jetzt doch die Fotos machen lassen; sie tupfte sie mit Taschentüchern fort, hielt dann aber inne und lächelte durch die Tränen hindurch. „Oh mein Gott, ich werde auf diesen Bildern schrecklich aussehen, aber es ist so schön, was du gesagt hast. Oh, wie sehr ich euch liebe. West, wir sind äußerst glücklich, dass du nun zu unserer Familie gehörst. Und wir freuen uns, Teil deiner Familie zu sein. Ich liebe deine Eltern, sie sind einfach großartig.“

West lächelte. „Ich liebe euch. Ihr habt mir dieses wunderbare Geschenk in Form eurer Tochter gemacht, und lass mich dir sagen, dass du auch ohne Make-up wunderschön bist. Die Bilder werden eine Erinnerung an den Moment sein, als wir unsere Familien zusammengeführt haben und wie glücklich uns das gemacht hat.“

In diesem Moment kamen seine Eltern zu ihnen, die offensichtlich in der Nähe gestanden hatten. Seine Mutter hatte Tränen in den Augen, als sie ihre Arme um Gennas Mutter schlang. „Wir lieben deine Tochter. Ich weiß ja nicht, wie es dir geht, aber ich kann es kaum erwarten, wie unsere Enkelkinder aussehen werden.“

Genna liebte den Ausdruck auf ihren Gesichtern, als sie beide anfingen, vor Glück zu kichern. Genna lachte ebenfalls, die beiden Väter taten das Gleiche. Sie blickte West an. „Ich verstehe das so, dass wir uns an die Arbeit machen sollen."

West grinste und zog sie an sich. „Liebling, ich bin bereit, wann immer du es bist. Ich kann mir ein Leben ohne dich nicht einmal mehr vorstellen, aber wenn ich an eine ganze Schar kleiner Kinder denke, die wie du aussehen… oh Mann, ich kann es kaum erwarten."

Ryder kicherte. „Okay, Jungs, West bringt die Party in Gang, offensichtlich werden hier bald viele Kinder herumtoben."

Genna lachte und bemerkte, dass sich die Jungs um sie versammelt hatten, alle grinsten. Sogar Dustin, obwohl er auch ein wenig traurig aussah – sie glaubte zu wissen, warum das der Fall war. Dann umarmten sich alle, und die Bilder wurden gemacht. Sie waren voller Tränen und voller Freude. Sie wusste, dass sie sie lieben würde. Nachdem die Bilder im Kasten waren, umarmte sie alle ihre Schwager. Als Dustin an der Reihe war, legte sie eine Hand an seine Wange. „Du siehst so aus, als freust du dich für uns, aber gleichzeitig siehst du auch irgendwie traurig aus. Ich habe eine Ahnung, was los sein könnte. Ich möchte dir nur sagen: bleib dran. Und ich glaube, du wirst dein Glück finden."

Sie sah, wie die Gefühle in seinen Augen aufflammten; dann gab er ihr einen Kuss auf die Wange.

„Ich werde jetzt reingehen. Ein kleines Mädchen wartet darauf, dass ich mit ihr tanze, ich kann sie nicht im Stich lassen."

Genna lächelte ihn an und sah ihm nach, als er davonging. Sie hoffte und betete, dass sich alles für ihn finden würde.

* * *

Das offene Zelt war riesig und erfüllt vom Licht der untergehenden Sonne. Die Tische waren liebevoll dekoriert, die Blumen perfekt. Toiletten befanden sich zum Glück ganz in der Nähe in einer weiteren Scheune mit etlichen Sanitäranlagen, die errichtet worden sein musste, um die Massen aufzunehmen, die sich zu Viehverkäufen auf dem Grundstück einfanden. Für Partys und Hochzeiten war sie ebenfalls hervorragend geeignet. Sie war mit Hazel hergekommen und hatte ein paarmal tief durchgeatmet, während die Kleine in einer der Kabinen war. Sie betrachtete sich im Spiegel und atmete noch ein paar weitere Male tief ein und aus.

Sie musste sich zusammenreißen; sie konnte nicht immerzu beinahe in Tränen ausbrechen. Heute Abend würde ihre Tochter Spaß haben. Sie würde mit dem Mann tanzen, der die Stelle in ihrem Herzen einnahm, die ihr Daddy nicht mehr mit neuen Erlebnissen füllen konnte. Ihrem Vater gehörte ihr ganzes Herz, aber da war auch noch Platz für die völlig offensichtliche Liebe, die sie für Dustin Buckley hegte. Sydney schniefte und starrte ihr Spiegelbild an. *Weine nicht*, flüsterte sie sich zu. Sie hatte doch beschlossen, dass sie damit aufhören wollte.

Dann kam Hazel aus der Kabine, strich ihr Kleid glatt und lächelte.

„Okay, Mama, bist du bereit? Ich werde jetzt tanzen und Dustin zeigen, wie gut ich den Two-Step kann und die schnellen Tänze."

Sie lachte, sie konnte einfach nicht anders, denn ihr kleiner Liebling war wirklich gut. „Ich werde ein paar Bilder und ein Video machen, denn ich weiß, wie gut du tanzt. Du und dein Daddy habt mich immer zum Lächeln gebracht, weil ihr beide so gut miteinander getanzt habt. Du warst zwar viel kleiner als er, aber das war egal. Dein Daddy hat immer gefunden, dass du die Beste bist, und ich stimme ihm zu. Ach, Liebling, du hast sein Herz zum Singen gebracht, so schön hast du mit ihm getanzt."

Hazels Augen funkelten. Oh, wie hübsch sie waren. Sie hatte die Augen ihres Daddys: haselnussbraun und wunderschön. „Glaubst du, er wird zu mir herablächeln, Mama?"

„Oh, Süße, dein Daddy wird dich von oben anfeuern. Er wird überglücklich sein, wenn er sieht, wie weit du gekommen bist und dass du alles anwendest, was er dir beigebracht hat, um an Herz und Seele zu wachsen. Jeder, der weiß, dass er dein Daddy war, kann das sehen. Du strahlst, genau wie er." Herrje, nun strömten die Tränen nur so heraus und es gab kein Halten mehr.

Hazel schlang ihre Arme um ihre Taille. „Mama, ich bin so froh, dass er mein Daddy war, und es macht mich so glücklich, ihn in meinem Herzen zu haben, auch wenn ich mir wünschen würde, dass er meine Hand halten und mit mir tanzen könnte. Aber Mama, das wird er nicht tun und mit dir wird er das auch nicht machen. Wahrscheinlich würde er es gerne tun, aber er kann nicht. Glaubst du, du könntest Dustin eines Tages so lieben wie ich?"

Bei diesen Worten flossen ihre Tränen noch stärker. Ihre Tochter hatte zugegeben, dass sie Dustin liebte und gesagt, dass ihr Daddy glücklich war und wollen würde, dass sie wieder liebte. *Aber konnte sie das?* „Liebling, dein Daddy wäre unsagbar stolz auf dich. Er hat nicht gewollt, dass du den Rest deines Lebens damit verbringst, dir zu wünschen, er würde zurückkommen, weil er gestorben ist. Er ist da oben und feuert dich an. Unterstützt dich. Und dass du nun einen Mann liebst, der genauso gut ist wie er…"

Sie hielt inne, als sie ihre eigenen Worte bemerkte. *So gut wie er.* Sydney hatte es nicht für möglich gehalten, dass es einen Menschen geben könnte, der genauso gut war wie ihr süßer, liebevoller Nelson. Doch sie wusste nun, dass das sehr wohl möglich war. Dustin war wunderbar und er war unglaublich gut zu ihr und ihrer Tochter. Obwohl sie einander noch nicht lange kannten, fühlte es sich an, als würden sie sich schon ewig kennen. „Ich kann dir nichts versprechen, wie du weißt, habe ich deinen Daddy von ganzem Herzen geliebt, so wie er mich. Aber ich weiß, dass er uns unterstützt und möchte, dass wir unser Leben leben und nach vorn schauen. Du, meine Süße, tust genau das und zeigst mir, dass ich vielleicht mein Herz wieder öffnen muss. Ich werde es versuchen."

Hazel grinste sie an. „Nun, genau wie Daddy zu sagen pflegte: ‚Mädchen, tu was du kannst, und es wird mich glücklich machen.'"

Genau das hätte er gesagt.

* * *

Dustin war fest entschlossen, seinen Gefühlen nicht die Oberhand zu überlassen. Die Hochzeit hatte ihm die Augen geöffnet. Er war nicht verrückt. Wenn sie nicht gerade Nelson an seiner Stelle hatte stehen sehen, dann hatte sie ihn mit Liebe in den Augen angesehen. Ja, sie hatte ihren Blick abgewandt, als ihr bewusst geworden war, was sie tat, aber sein Herz hatte von diesem Moment nicht mehr aufgehört zu donnern. Und als er den Gang entlanggelaufen war, hatte ihn ihre goldige Tochter umarmt und ihm das Versprechen abgerungen, mit ihr zu tanzen, obwohl er schon halb beschlossen hatte, sich früher zu verabschieden und nach Hause zu gehen. Als hätte sein Bruder gespürt, dass etwas in der Luft lag, hatte er sich von Dustin bei dessen Ankunft versichern lassen, dass er am Empfang teilnehmen würde. Also würde er bleiben. *Woher hatte sein Bruder gewusst, wie er sich fühlen würde?*

Sie beide hatten sich schon immer nahegestanden. Sie hatten schon immer ein wenig die Gedanken des anderen lesen können und irgendetwas sagte ihm, dass West genau das an diesem Tag getan hatte.

Er betrat das große Zelt. Die Musik ertönte bereits und viele Paare tanzten Two-Step auf der Tanzfläche, während sie darauf warteten, dass das Hochzeitspaar angekündigt wurde. Das konnte nicht mehr lange dauern, daher ließ er seinen Blick schweifen und entdeckte Sydney an einem Tisch mit Millie und Jasmine Scott, die seit Kurzem bei Genna arbeitete. Es war wunderbar, dass sie sich beworben hatte, so würde es Genna und West möglich sein, eine Hochzeitsreise zum Grand Canyon zu unternehmen.

Darüber musste er lächeln. Sie hatte mit ihren

Eltern die ganze Welt bereist, sich für ihre Hochzeitsreise aber für diese Schlucht entschieden, weil sie noch nie dort gewesen war und sich sehr darauf freute, sie mit eigenen Augen zu sehen. West hatte die Idee außerordentlich gut gefallen, bald würden sie sich auf den Weg machen. Sie würden einen Privatjet von McCoy Flight Charters nutzen, einem Unternehmen, das Freunde von ihnen in Stonewall führten, einer kleinen texanischen Stadt, die eine ähnliche Größe hatte wie Lone Star, umgeben von weitläufigen Ranches und Land, auf dem es jede Menge Öl gab. Beck McCoy war der Eigentümer des Unternehmens. Um keine eigenen Jets besitzen und diese regelmäßig warten zu müssen, unterhielten sie eine Landebahn für die Flüge, die sie von Becks Firma durchführen ließen. Der an diesem Abend stattfindende Flug würde einer der bedeutendsten im Leben des Brautpaars sein. Dustin freute sich für seinen Bruder.

Als er nun durch den Raum sah, blieb sein Blick an der Frau hängen, die er liebte. Er wusste, dass er auf den richtigen Weg zurückkehren musste und es nicht – auf gar keinen Fall – vermasseln durfte.

Ja, er hatte der bezaubernden Hazel einen Tanz versprochen und Sydney hatte dem zugestimmt. Tief in seinem Herzen hatte er verstanden, dass dies mit Gefühlen für ihren Ehemann zusammenhing und dann war dieses Gefühl bestätigt worden, als sowohl Sydney als auch Hazel erklärt hatten, dass sie früher immer mit ihrem Daddy getanzt hatte. Das berührte ihn tief. Der Gedanke daran, eines Tages mit seiner eigenen Tochter zu tanzen, war eine bezaubernde Vorstellung. *Doch würde er das?* Wenn Sydney ihr Leben nicht änderte, würde dieser Traum für ihn nicht wahr werden.

KAPITEL DREIZEHN

Er holte tief Luft. Hier ging es nicht nur um ihn. Er wusste, dass er diese Frau und ihre entzückende Tochter liebte, deren Herzen immer noch an dem offensichtlich wunderbaren Mann hingen, der der einen ein fantastischer Ehemann, der anderen ein liebevoller Vater gewesen war. Er wäre ein Trottel, wenn er nun ginge, schließlich wusste er, dass sein Herz ihnen gehörte, ob ihnen das nun klar war oder nicht. Genna hatte gesagt, er solle dranbleiben und das würde er tun.

Er trat einen Schritt nach vorn. Sein Herz machte einen Satz, als er sich zwischen den Tischen hindurch einen Weg zu Sydney bahnte. Dann fielen seine Augen auf eine Szene, die er von seinem bisherigen Standpunkt nicht hatte sehen können, von den drei Frauen jedoch aufmerksam verfolgt wurde. Am Rand der Tanzfläche, vorher durch eine ausladende Topfpflanze verdeckt, tanzte Hazel mit einer Gruppe Kinder in ihrem Alter. Ihr entzückendes Kleidchen, das auf Knöchelhöhe endete, wirbelte umher, während sie sich zum Klang der Musik bewegte. Die Kinder lachten und tanzten, während sie dem Rhythmus zu folgen versuchten. Offensichtlich hatten sie eine Menge Spaß. Das galt ebenso für ein paar kleine Jungs, deren Stiefel im Takt des schnellen Western-Songs auf den Boden klopften.

Er wollte mit Sydney tanzen und mit dem lieben, kleinen Mädchen, das ihn mit ihrer Bitte, mit ihm zu tanzen, aus der Fassung gebracht hatte. Als das Lied endete, näherte er sich ihrem Tisch und stellte sich neben Sydneys Stuhl. „Wie ich sehe, ist sie eine Tänzerin. Sie ist gut und äußerst entzückend."

Augenblicklich flog Sydneys Blick zu ihm hinauf – er war sich sicher, dass die Blicke der beiden anderen das ebenfalls taten, doch er hatte nur Augen für die Frau auf dem Stuhl neben ihm.

„Sie liebt es zu tanzen, wie gesagt, wenn du dich also der Herausforderung stellen willst, gesell dich zu ihnen und mach mit."

Er mochte den veränderten Klang ihrer Stimme. Sie schien die Gefühle, die sie zuvor aufgewühlt hatten, unter Kontrolle gebracht zu haben. Die Situation musste schwer für sie sein; er konnte sich vorstellen, wie sehr es ihn schmerzen würde, wenn dieses kleine Mädchen seine Tochter wäre und er mit ansehen müsste, wie traurig es war – er hatte gesehen, wie sie dagegen ankämpfte, und das nagte an ihm. Es musste dieser warmherzigen Frau unfassbar zugesetzt haben, neben ihrem eigenen Schmerz auch noch Zeuge dessen zu werden, wie sehr ihre Tochter litt, seit sie ihren Vater verloren hatte. Sie kämpfte darum, ihre starke Seite zu zeigen, und das war gut.

„Nun, ich brauche einen Song, der genauso gut ist wie der jetzt, sonst sagt sie vielleicht Nein, wenn ich sie um einen Tanz bitte."

„Nee." Hazels Stimme brachte ihn zum Lächeln, sie hatte ihn entdeckt und kam zu ihnen gerannt. „Ich bin bereit, mit dir zu tanzen, Cowboy."

Er grinste, hinter sich hörte er ihre Mutter kichern, ein Geräusch, das in ihm wiedertönte wie das sanfte Läuten von Kristallglocken, die von einer lauen Brise hin und her geschwungen wurden. Sie hatte gekichert. Es erleichterte ihn, diesen glücklichen Ausbruch zu vernehmen, nachdem sie zuvor so niedergeschlagen gewesen war.

Er streckte der lächelnden Hazel seine Hand entgegen. „Wenn du bereit bist, dann bin ich es auch. Dann zeig mal, was du kannst."

Das Gesicht der Kleinen strahlte. Ihre Augen, die die Farbe von Walnüssen hatten und zudem golden funkelten, leuchteten auf, als sie zu ihm emporblickte, als würde ein Licht durch sie hindurchscheinen. Es war wundervoll. „Dann komm, Cowboy. Auf geht's." Sie griff nach seiner ausgestreckten Hand und flitzte dann mit ihm im Schlepptau auf die Tanzfläche, ihn immer hinter sich herziehend. Sie hielt nicht am Rand der Tanzfläche an – oh nein – sie bahnte sich ungestüm ihren Weg bis in die Mitte, drehte sich dann zu ihm um und grinste. Sie richtete ihre Hand neu aus, drückte ihre Handfläche gegen seine und legte ihre Fingerspitzen um den Zwischenraum zwischen Daumen und Zeigefinger seiner Hand, sie war bereit.

Natürlich überragte er sie und er musste sich etwas herabbeugen, sodass sich seine Hände nicht wie bei einem gleichgroßen Paar auf Höhe seiner Schultern, sondern auf Höhe seiner Hüften befanden. Dann nahm sie seine andere Hand und legte sie auf ihre Schulter, so als wüsste er nicht, was er tun sollte, bevor sie zu ihm aufblickte.

„Okay, Kumpel, dann führ mal", verlangte sie. In ihrer süßen Stimme lag Autorität und ihre Augen tanzten herausfordernd und humorvoll.

Beinahe hätte er laut aufgelacht. „Ah, ich darf also bei diesem Tanz führen, ja?", fragte er belustigt.

Sie grinste breit, ihre Augen funkelten. Wow, wie konnten diese Augen funkeln. „Na klar. *Ich* bin die Frau, die dir das Privileg gewährt hat, mit ihr zu tanzen, du bist der gutaussehende Typ. Falls du nicht führen kannst, übernehme ich das und zeige dir, wie es geht. Aber ich denke, du weißt, wie das funktioniert. Eins kannst du mir glauben, ich habe das vielen Jungs in meinem Alter gezeigt, und die mochten das nicht besonders. Also, nur damit du es weißt, ich kann die Führung übernehmen."

Er warf den Kopf zurück und lachte aus vollem Hals. Es war unmöglich, sich zurückzuhalten. Dann blickte er zu ihr hinunter. „Okay, Kleine, verstanden. Dann los, auf im Takt." Und sie begannen, im Takt der Musik zu tanzen, er führte.

Das junge Mädchen musste nicht geführt werden; sie bewegte sich mit der Geschmeidigkeit einer erwachsenen Profitänzerin. Sie tanzte großartig und exakt; sie verpasste keinen einzigen Schritt, also erhöhte er die Schwierigkeit etwas, indem er ihre Hand hochzog, ihre Schulter losließ und sie in einer Drehung herumwirbelte. Das Kind lachte auf und passte sich an, sie griff mit ihrer freien Hand nach ihrem langen Rock und hob ihn etwas an, sodass er wehte, als sie sich drehte.

Er war verliebt. Es war unglaublich. Ihre Hand und seine berührten einander, während sie herumwirbelte, dann führte er sie zurück, er legte seine Hand auf ihre Schulter, als sie ihren Rock losließ und ihre Hand wieder auf seine Hüfte legte. Dann blickte sie zu ihm auf und lächelte, während sie weiter zum Klang der Musik tanzten.

Sie strahlte ihn an, ihre Augen glänzten feucht. „Mein Daddy wäre sehr stolz. Du tanzt gut, richtig gut. Und wenn du gut tanzt, hilft mir das, noch besser zu tanzen, weißt du? Das hat Spaß gemacht. Lass uns noch etwas weitermachen.“

Sein Herz donnerte und er kämpfte gegen Tränen der Traurigkeit und der Freude an, während sie sich im Takt bewegten. Die übrigen Tänzer unterbrachen ihren Tanz und machten ihnen Platz, alle sahen zu, als ihnen dieses kleine Goldstück zeigte, wie man tanzte.

Tief in seinem Herzen sendete er eine Botschaft: *Nelson, du wusstest, was du tust. Und ich kann dir sagen, Kumpel, du wirst sehr geliebt von diesem kleinen Mädchen und dieser lieben Frau, die dort an dem Tisch sitzt und uns zusieht.*

Er wusste, egal wie traurig es ihn machen würde, egal wie niedergeschlagen er wäre, diese beiden würden ihn für immer an ihrer Seite haben. Auch wenn sie ihn fortstießen, wäre er immer da, wenn sie Hilfe brauchen würden.

Und oh, wie sehr er sich auf morgen freute.

Morgen würde dieses kleine Mädchen zwischen all den kleinen Ziegen viel zu lachen haben, vielleicht würde sie sich auf den Boden werfen und mit ihnen herumtollen. Verdammt, womöglich versuchte sie sogar, auf den Rücken eines der Esel zu klettern und von dort auf den anderen hinüberzuspringen – darauf musste er achtgeben. Der morgige Tag würde auf jeden Fall unbeschwerter werden als der heutige mit all der Traurigkeit, die sich über die letzten Stunden aufgebaut hatte. Es war ein wunderbarer Tag für seinen Bruder und die hübsche Genna gewesen, doch diesen beiden hier hatte er auch viel Traurigkeit gebracht. Morgen würde es anders sein.

Morgen würden sie neue Erinnerungen schaffen, die Kleine, ihre Mutter, er und eine Horde Ziegen. Sein Herz war bereit.

* * *

Sydney war den ganzen Abend über traurig gewesen, doch als sie nun die Freude auf dem Gesicht ihrer Tochter sah, die im Takt der Musik dahinschwebte, Hand in Hand mit Dustin… sie drehte kleine Pirouetten, wenn er sie führte… oh, die Erinnerungen… Hazel und ihr Daddy hatten das geliebt. Es war beinahe so – und sie wusste, dass das nicht stimmte – aber es kam ihr so vor, als würden Dustins Bewegungen und Schritte, seine Hände von Nelson geleitet, und oh, dieses Lächeln auf seinem Gesicht, wenn er ihr Kind ansah. Es berührte sie tief. Doch anstatt zu weinen, lächelte sie. Die Freude ihres Kindes bedeutete ihr alles und sie wusste, dass Nelson nach unten schaute und breit lächelte. Seine haselnussbraunen Augen waren wie strahlender Sonnenschein – voller Glück, Stolz und Freude, dass ihr Baby, das er so sehr liebte, eine wunderbare Zeit hatte.

„Sie sind wunderschön zusammen", sagte Millie, als sie ihrem Blick begegnete.

„Ja, das sind sie. Mein kleines Mädchen wollte tanzen, und ihr Daddy konnte nicht hier sein. Ich bin äußerst dankbar, dass Dustin Ja gesagt hat, als sie ihn zum Tanzen aufgefordert hat. Und… er tanzt genau wie Nelson."

„Ich finde es bezaubernd", sagte Jasmine. „Es ist rührend. Und ich muss noch anmerken, dass wir es beide gesehen haben, als er hier war. Ist dir aufgefallen, wie er dich ansieht?"

Ach du meine Güte. Als er vor ein paar Minuten bei ihnen gewesen war, hatte sich ihre Welt völlig auf ihn beschränkt, und sie vergessen, dass außer ihr noch zwei weitere Personen an diesem Tisch saßen. „Siehst du etwas anderes in seinen Augen, wenn er mich ansieht?" Sie wusste, was die beiden sagen würden, denn sie hatte es auch gesehen. Aber war das, was sie gesehen hatte, echt und wollte sie, dass es das war?

„Oh, ho-ho." Millie kicherte mit tiefer Stimme. „Meine Liebe, das war echt. Ach du meine Güte."

„Ach du meine Güte, ganz genau", wiederholte Jasmine.

Millie grinste und fuhr fort. „Mein Mann hat mich auch so angesehen – genau wie du war ich nicht sehr lange mit der Liebe meines Lebens verheiratet. Ich hätte nie gedacht, dass ich mich verlieben würde – ich wollte es nicht. Ich habe alle Interessenten abgewiesen. Ich habe gesehen, wie die Männer dich anschauen, du hast es vielleicht nicht bemerkt, aber wir anderen sehen es. Früher hat man mich auch so angesehen, als ich jünger war, aber ich habe sie alle abgewiesen und deutlich gemacht, dass ich kein Interesse habe. Ich wollte nicht, dass irgendjemand versucht, Hanks Platz einzunehmen. Dieser Mann konnte Bullen reiten… mein Gott, er war unglaublich. Er war einer der Besten, war immer ganz vorn mit dabei. Oh, er musste darum kämpfen, aber es gelang ihm immer wieder. Ab und zu verpasste er den ersten Platz, doch seine Gesamtwertung schwankte nur minimal. Wir fuhren gemeinsam zu den Rodeos und gewannen beide, ich beim Barrel Racing und er beim Bullenreiten. Ich war immer sehr weit oben in der Gesamtwertung des NFR, aber er – er war permanent an der Spitze."

Sie lächelte. „Er hat so viele Top-Rodeos

gewonnen, bis er schlussendlich auf diesen einen Bullen traf… den, der ihn mir wegnahm. Er war schon einmal auf ihm geritten, das Tier hatte ihn heruntergeschleudert, was ihm gar nicht gefallen hat. Doch eins hat dieser Cowboy nie getan, und das war, einer Herausforderung aus dem Weg zu gehen." Ihr Blick bohrte sich in Sydneys, als würde sie sie direkt ansprechen. „Mein Mann liebte Herausforderungen und glaubte daran, dass sie ihn weiterbrachten. Und ich habe ihn dafür geliebt. Aber ja, manchmal bergen Herausforderungen Risiken. Doch mein Mann, *mein* Cowboy, stellte sich der Herausforderung und machte den Ritt…", sagte sie mit vor Rührung rauer Stimme.

Sie hielt inne, atmete tief ein und fuhr dann fort: „Und was für ein Ritt das war. Am Ende landete er auf seinen Füßen und die Rodeo-Clowns stürmten herbei, um zwischen ihn und den Stier zu kommen. Er hob die Arme und schwenkte seinen Stetson durch die Luft, er stand da, während alle jubelten, und lächelte mich an. Doch plötzlich und ohne Vorwarnung, stürmte der Stier an den Clowns vorbei, er stieß sie beide aus dem Weg und senkte dann den Kopf, richtete seine Hörner auf meinen geliebten Cowboy und trampelte ihn brutal nieder… und nahm ihn mir weg." Sie schniefte.

„Ich war dabei und sehe es ein ums andere Mal vor mir. Auch nach all den Jahren noch. Doch wisst ihr, was ich nicht sehe: Traurigkeit. Ich sehe Glück und die Herausforderung, die er liebte. Ich höre ihn sagen: *Gib niemals auf, hör nicht auf.* Und ich weiß, dass er in diesem Moment und in den Sekunden, die dem Angriff vorausgingen, glücklich war und diese Worte durch ihn flossen. Er hat mich vor unserer Hochzeit gewarnt, dass er sich immer der Herausforderung stellen würde. Oh, er pflegte zu sagen: ich liebe dich, ich liebe dich von ganzem Herzen, aber Liebling, auch du warst eine Herausforderung."

Sie grinste, ihr Gesicht hellte sich auf. „Und um die Wahrheit zu sagen, das war ich. Ich bin nicht mit vielen Männern ausgegangen, aber einige haben es versucht. Ich habe mich auf meine Karriere konzentriert, auf meine Ziele auf dem Pferderücken. Doch dann kreuzte er meinen Weg und wie beim Bullenreiten gab er einfach nie auf. Über zwei Jahre hinweg war er beständig nett zu mir, bat mich um Dates, machte mir Komplimente für mein Aussehen, mein Lächeln und meine Leistungen bei den Rennen, er sagte mir, wie großartig ich sei und wie sehr ich ihn inspirierte, sich seinen Herausforderungen zu stellen. Mir hat es geholfen, mich meinen eigenen Herausforderungen zu stellen, wenn ich ihm dabei zusah, wie er seine anging. Wir würden ein tolles Team abgeben, wenn ich denn nachgäbe. Eines Tages…"

Sie lachte schroff; eine Träne quoll aus ihrem Auge und sie wischte sie beiseite. „Eines Tages nahm ich an einem Wettkampf teil und gewann. Doch alles, woran ich denken konnte, war er. An diesem Abend stand ich dicht am Zaun, als er seinen Bullen ritt und wie immer auf dem Boden landete. Die Clowns hatten den Stier schon aus dem Ring getrieben. Ich kletterte einfach auf den Zaun, ließ mich zu Boden fallen und ging auf ihn zu. Er sah mich kommen, genau wie die Fans. Er warf seinen Hut quer durch die Arena und stürmte auf mich zu, er grinste glücklich übers ganze Gesicht, als wir uns inmitten des staubigen Platzes trafen. Mein Hank zog mich in seine Arme und als er mich hochhob, küssten wir uns und alle begannen zu jubeln. Wir haben nie mehr aufgehört, uns zu küssen und zu lieben. Wir heirateten am nächsten Tag und waren fünf viel zu kurze Jahre verheiratet. Fünf wunderbare Jahre der Liebe, während derer wir gemeinsam unseren Wettkampfgeist auslebten, uns gegenseitig anspornten und gemeinsam feierten.

Aber nach dieser schrecklichen Nacht, in der ich mitangesehen habe, wie der Stier auf ihn losging und auf ihm herumtrampelte, als wäre er nichts als ein Haufen trockener Blätter, in dem er herumtobte, da konnte ich nicht mehr zurück. Nichts würde jemals wieder so großartig und wunderbar sein wie diese Jahre mit ihm und den Dingen, die wir beide liebten. Ich musste ein neues Leben finden, so wie du. Ein Leben, das mir erlauben würde, wieder zu lächeln, ein Leben, das nicht mehr im Rampenlicht stattfand. Sein Tod schaffte es bis in die Nachrichten und wurde zusammen mit den vielen Videos ausgestrahlt, die in jener Nacht aufgenommen worden waren, als wir uns in der Arena unsere Liebe gestanden hatten, als wir küssten und lachten und gemeinsam unsere verschränkten Hände hochhielten, während die Leute jubelten. Ja, das hatte es auch in die Schlagzeilen geschafft.

Ich kam nach Hause und versteckte mich für eine Weile auf der Ranch. Dann beschloss ich, dass es an der Zeit war, auszusteigen. Ich hatte ein paar Einwohner der Stadt beobachtet, wie sie ihre Geschäfte führten. Und so habe ich mein eigenes aufgemacht. Und hier bin ich nun und genieße das Leben wieder, ein anderes Leben. Was ich sagen will, meine Liebe, du weißt, was ich empfunden habe. Du weißt es und ich weiß es; ich sehe es in deinen Augen – du empfindest es immer noch. Und weißt du was, du beobachtest dein süßes kleines Mädchen dort hinten, aber du weißt genau, wer noch zusieht, nicht wahr?"

Sydney wischte ihre Tränen fort. „Ja, ihr Daddy. Bevor du angefangen hast zu sprechen, habe ich ihm gedankt. Ich war so froh, dass Dustin ihr hilft, das zu fühlen, was sie gefühlt und geliebt hat, als ihr Daddy noch lebte."

Jasmine streckte ihre Hand aus und umfasste Sydneys Hand. „Ich möchte euch beiden sagen, dass es ein Segen war, was ihr empfunden habt. Das ist nicht selbstverständlich. Ihr beide wurdet geliebt – etwas, das mir bisher nicht vergönnt gewesen ist, aber hier mit euch zu sitzen und euch zuzuhören, könnte mir eines Tages dabei helfen, mein Herz zu öffnen. Millie hat recht, du solltest dein Herz nicht länger verschließen, denn wie sie kann ich spüren, dass dein wunderbarer Ehemann von dort oben aus nicht nur eure geliebte Tochter anfeuert, sondern auch dich. Wir haben deine Blicke gesehen. Du hast versucht, es zu verbergen. Du kannst es abstreiten, solange du willst, aber wenn dieser Mann in der Nähe ist, wirst du lebendig. Führe dir vor Augen, dass es noch eine Liebe für dich geben könnte. Du kannst dich noch einmal verlieben. Ich glaube fest daran.

Das musste ich einfach loswerden. Ich wollte deine wunderschöne Liebesgeschichte nicht unterbrechen, Millie. Sie war traurig, aber unglaublich schön, dieser Mann konnte sich glücklich schätzen, von dir angefeuert zu werden. Und ja, ich weiß, auch seine Unterstützung war ein Segen für dich. Mir ist etwas klargeworden, ich muss in mir selbst die Kraft finden, meine Vergangenheit beiseitezuschieben und vielleicht nach dem zu suchen, was ihr beide hattet. Ich bin noch nicht bereit, aber ihr beide habt tief und aufrichtig geliebt und auch wenn es nicht lange dauerte, wart ihr doch gesegnet. Außerordentlich gesegnet. Wie auch immer, wer weiß – wenn jemand vorbeikommt und mich zum Tanzen auffordert, sage ich vielleicht Ja. Vielleicht auch nicht, aber der Gedanke zählt. Ich werde jetzt aufhören zu plappern, dann könnt ihr beide auch mal wieder was sagen."

Millie gluckste, streckte die Hand aus und bedeckte ihre Hände mit ihren eigenen. „Ich werde mit niemandem tanzen, aber es ist mir ein Anliegen, euch beiden jungen Damen zu sagen, dass ihr eure Herzen nicht verschließen solltet, also arbeitet daran, sie zu öffnen. Wer weiß – ich habe noch nie darüber nachgedacht, aber jetzt, wo ich hier mit euch beiden sitze… ich bin fünfzig, vielleicht möchte ich eines Tages… perfekt müsste er sein, wirklich perfekt. Sollte also dieser perfekte Mann vorbeikommen, würde ich vielleicht Ja sagen, wenn er mich zum Tanzen auffordert. Auch ich werde die Tür nicht mehr komplett verschließen. Aber ich werde auch nicht herumlaufen und danach suchen. Hoffentlich werde ich es wissen, wenn mir dieser Mann begegnet. Wenn ich es nicht weiß, gibt er mir hoffentlich genug Hinweise, damit ich es erkenne.

Was ich sagen will, Sydney, ist Folgendes: du bekommst viele Hinweise und jeder in der Stadt spürt dasselbe. Wir alle hoffen, dass du dich der Herausforderung stellst, denn du hast es verdient. Das hast du. Du bist ein harter Brocken, also lass dich nicht von deinen Sorgen herabziehen. Geh dem nach. Vielleicht denkst du, das ist kein guter Ratschlag, aber das ist es, was ich zu sagen hatte. Und eins darf man nicht außer Acht lassen: Dustin Buckley ist eine äußert gutaussehende Herausforderung."

KAPITEL VIERZEHN

Dustin wartete vor der roten Scheune auf das Auto, das die beiden Mädels mit sich bringen würde, die er liebte. Er hatte mit der Kleinen am Abend zuvor bis halb zehn getanzt, sie hatte die Tanzfläche gar nicht mehr verlassen wollen und so hatten sie den ganzen Abend über das Tanzbein geschwungen. Er hatte sich danach gesehnt, ihre Mutter zum Tanzen aufzufordern, hatte aber tief in seinem Herzen gewusst, dass dies nicht der richtige Zeitpunkt war. Sydney war an ihrem Tisch tief in ein Gespräch vertieft gewesen. Gegen Ende hatte er beobachtet, dass Millie, Jasmine und Sydney die Hände übereinandergelegt hatten und sich für einen Moment gefragt, ob sie beteten. Doch er hatte Millies Gesicht sehen können – das des starken Cowgirls Millie – und ihr zunächst trauriger Gesichtsausdruck war Freude gewichen. Es war hauptsächlich sie gewesen, die gesprochen hatte, die anderen beiden hatten zugehört.

Die meisten Bewohner der Stadt wussten, dass sie erst vor Kurzem begonnen hatte, sich zu öffnen und Tanzveranstaltungen und andere Aktivitäten zu organisieren. Alle unterstützten sie dabei, sie war nett, und alle liebten sie. Sie hatten mit ihr getrauert und waren nun stolz auf sie.

Er hatte noch einmal hinübergesehen, doch sein Blick hatte nicht lange bei den drei Frauen verweilen können, weil ein gewisses kleines Mädchen, das inzwischen führte, wieder seine Aufmerksamkeit beanspruchte. Ja, sie hatte gesagt, dass er führen solle, und das hatte er auch getan, aber ihre Aufregung hatte die Oberhand gewonnen. Ganz eindeutig liebte Hazel es zu tanzen und Dustin wusste, dass ihr Daddy ihr dabei zusah. Es freute ihn, der Mann zu sein, der es ihr und ihrem Vater ermöglichte, einen großartigen Abend miteinander zu verbringen.

Als Sydney schließlich nach einem emotionalen und berührenden Gespräch aufgestanden war, die beiden Frauen umarmt hatte und auf ihn zugekommen war, hatte er gewusst, dass sich der Abend seinem Ende näherte. Das süße Mädchen konnte nicht bis elf oder noch länger aufbleiben, also mussten sie irgendwann aufhören. Doch Cowboys tanzten einfach zu gern und ganz offensichtlich taten das die anderen auch. Er wusste, dass sie kam, um ihre Tochter nach Hause zu bringen und das war auch gut so, denn wenn sie nicht nach Hause ginge und sich etwas ausruhte, würde sie am nächsten Tag erschöpft sein. Und er wollte, dass sie sich gut fühlte, wenn sie herauskamen, um die Ziegen zu sehen.

„Bist du bereit, mit deiner Mama nach Hause zu fahren und dich auszuruhen? Wir werden morgen einen lustigen Tag miteinander verbringen."

Sie hatte ihrer Mutter zugenickt und ihn dann zu sich herabgezogen, er hatte neben ihr gekniet und sie hatte ihn auf die Wange geküsst. „Vielen Dank. Ich kann den morgigen Tag kaum erwarten."

Er hatte ihr dasselbe versichert und war dann mit einem Lächeln für Sydney aufgestanden, bevor er den beiden nachgesehen hatte, wie sie Hand in Hand davongingen. Sydney hatte sich noch einmal umgedreht und ihm über die Schulter hinweg ein weiteres Lächeln zugeworfen. Mit Freude im Herzen war er nach Hause gegangen, seine Stimmung hatte sich merklich verbessert. Er wusste nicht, was werden würde, aber er war zweimal von ihr angelächelt worden. Er war so aufgedreht gewesen, dass er überlegt hatte, noch weiter zu tanzen. Doch das hatte er nicht getan, er war nach Hause gegangen, hatte geduscht, sich ins Bett gelegt, die Arme vor der Brust verschränkt und über Sydney nachgedacht und darüber, was zwischen ihnen sein könnte, wenn sie ihr Herz öffnete.

Da kamen sie auch schon. Sein Herz machte einen Satz und warf sich dann herum, er fühlte sich, als würde eine Ziege mit ausladenden Sprüngen in seiner Brust herumtollen und ein paar Saltos machen. Ja, so fühlten sich die Ziegen wahrscheinlich – es war ungebremste Freude.

Als der Wagen auf seiner Höhe war, bedeutete er Sydney, über das Viehgitter zu fahren. Er steuerte die linke Seite des Wagens an, auf der sie beide saßen, da Hazel ihrem Alter entsprechend auf dem Rücksitz Platz genommen hatte. Ihre Blicke verfolgten unverwandt die Ziegen, die auf der anderen Seite des Hofs spielten. Bevor er ihre Tür öffnen konnte, hatte sie sie bereits aufgedrückt und war vom Rücksitz gesprungen. Die Tür ihrer Mutter öffnete sich ebenfalls und er hielt ihr seine Hand hin. Zu seiner Überraschung ergriff sie diese, während sie aus dem Auto stieg.

„Es ist schön, euch beide zu sehen. Eins kann ich euch sagen, all die Ziegen, die dort drüben mit ihren Spielsachen herumtollen… ah, ja da kommen sie schon. Seid ihr bereit?" Er sah Hazel an, ihre strahlenden Augen leuchteten.

„Oh mein Gott, ich bin sowas von bereit. Kommt! Lasst uns zu ihnen gehen."

Mit diesen Worten stürmte sie los, der kleine

Wildfang, sie rannte auf die Ziegen zu und ließ sich auf ihre in Jeans steckenden Knie sinken, während sie die Arme ausbreitete. Die kleinen Ziegen umringten sie und brachten sie zu Fall. Das Mädchen lachte, die Ziegen meckerten aufgeregt.

Sydney faltete die Hände vor der Brust und stieß ein wundervoll klingendes Lachen aus, das er noch nicht gehört hatte. Er liebte es.

„Oh mein Gott, sie tun ihr nicht weh, oder? Es sieht nicht so aus, aber schau – sie liebt es."

„Sie werden ihr nichts tun. Sie werden denken, dass sie ihre beste Freundin ist. Sie tobt mit ihnen, als wäre sie eine von ihnen."

„Oh, schau, sie rollt herum und sie tun das Gleiche." Sydneys Augen klebten an ihrem Kind.

„Die Babyziegen haben eine tolle Zeit. Komm, wir gehen auch zu ihnen. Du musst dich nicht auf den Boden werfen und mit ihnen herumrollen, versprochen. Aber sie werden ihre Vorderhufe auf deine Knie stellen und reizend zu dir hinaufmähen. Es ist ihre Art zu sagen: *Bitte streichle uns. Bitte streichle uns. Bitte, bitte streichle uns.* "

Sie lachte und sah ihm direkt in die Augen. „Du bist lustig."

Er grinste. „Manchmal, aber ich weiß nicht – es könnte Zufall sein."

„Vielleicht" sagte sie. „Aber das glaube ich nicht."

Und wieder begann sein Herz unkontrolliert zu schlagen, es hämmerte wilder, als er sich das jemals hätte vorstellen können, als ihn der Wunsch überkam, sich vorzubeugen und Sydneys lächelnde Lippen zu küssen. Mental schlug er sich selbst gegen die Stirn. *Reiß dich zusammen, Kumpel.*

Um auf andere Gedanken zu kommen, brachte er sie zu den Ziegen, die sich von dem aufgedrehten Mädchen ablenken ließen, das mit so vielen von ihnen herumrannte und spielte, wie sich ihr anschließen wollten. Er klopfte sich gegen die Beine und die Tiere, die nicht mit Hazel herumsprangen, kamen zu ihnen gelaufen; sie stellten sich auf und platzierten ihre Hufe auf seinen und Sydneys Knien.

„Hallo, Jungs." Er griff nach unten und streichelte ihre Köpfe.

Lächelnd und Koseworte murmelnd, tat Sydney begleitet von einem fröhlichen Gewirr aus Mähs und Nähs das Gleiche. „Ich liebe sie. Schau dir Hazel an. Sie hat so viel Freude mit ihnen, ich werde mir auf jeden Fall welche zulegen. Ich lasse seitlich des Hauses einen großen Bereich für sie anlegen, den man von einigen Zimmern aus sehen kann, genauso wie von den Küchenfenstern und den seitlichen Fenstern des Wohnzimmers. Dann kann ich sie im Auge behalten, wenn ich koche und sie mit den Ziegen spielt."

Er lächelte breit. „Du weißt, dass sie das lieben wird." Er konnte seine Augen nicht von ihr abwenden. Und zu seiner Überraschung hielt sie den Blickkontakt aufrecht. „Du bist eine wundervolle Mutter."

„Danke. Ich habe mir solche Sorgen gemacht, dass ich nicht ausreichen würde, nachdem wir Nelson verloren haben. Er war ein wunderbarer Vater, und ich fürchtete, niemals so gut sein zu können und seiner wunderbaren Art nicht gerecht zu werden." Sie lächelte und beobachtete ihre Tochter. Dann sah sie wieder ihn an. „Sie kommt nach ihrem Vater, genau wie er versucht sie, mich zu beschützen. Und jetzt gerade tut sie alles dafür, dass ich mich öffne."

Das sah er mit einem Mal ganz deutlich und bevor er sich selbst davon abhalten konnte, hob er den Arm und legte seine Handfläche an ihre weiche Wange. Überrascht nahm er zur Kenntnis, dass sie sein Gesicht dagegen drückte. Ihre wunderschönen smaragdgrünen Augen leuchteten auf, während sie seinen Blick festhielt.

„Ich fühle mich zu dir hingezogen, Dustin. Ich habe den ganzen gestrigen Abend über versucht, es zu leugnen, aber nachdem ich über Stunden mitangesehen hatte, wie wundervoll du zu meinem Kind warst, ist mir abends klargeworden, dass ich mich... mich in dich verliebt habe."

Sein Herz machte einen Satz. Er schluckte schwer; seine Kehle war plötzlich wie ausgedörrt, der Atem stockte ihm. *Sie liebte ihn.*

„Meine Mama hat gesagt, dass sie dich liebt. Und du starrst sie nur an."

Hazels Worte ließen ihn den Blick von den glitzernden Augen ihrer Mutter abwenden.

Hazel stemmte ihre Hände in die Hüften und grinste. „Wir lieben dich, Dustin. Und ich glaube, du liebst uns."

Sein Herz kehrte an seinen angestammten Platz zurück und seine Lungen füllten sich mit Sauerstoff, als er tief einatmete. Ein riesiges Lächeln breitete sich auf seinem Gesicht aus, als er von dem entzückenden, unglaublichen kleinen Mädchen zu ihrer wundervollen Mutter blickte. Der Frau, die er liebte. Er blinzelte ein paar Tränen beiseite und lächelte. „Es fällt mir schwer, etwas zu sagen, aber…" Er breitete die Arme aus und zu seiner Freude warfen sich sowohl Sydney als auch Hazel hinein. Und um sie herum stießen die Ziegen fröhliche Ziegenlaute aus.

„Ich liebe dich", sagte er an Sydneys Ohr.

Sie drehte ihren Kopf und ihre Lippen waren ganz nah bei seinen. „Ich liebe dich so sehr und fühle mich gesegnet, zwei Männer wie dich und Nelson gefunden zu haben. Aber Dustin, ich liebe dich, weil du der bist, der *du* bist, und dafür, dass du nicht versucht hast, unsere Gefühle für Nelson zu zerstören, trotz der Art, wie du für uns empfindest. Du bist du, *das* ist der Hauptgrund, aus dem ich mir selbst schließlich eigestehen musste, dass ich dich liebe. Ich möchte, dass du mein bist. Und deswegen frage ich dich jetzt, ob du mich haben willst…"

„Ja", sagte er. „Warte, du hast mich doch gebeten, dich zu heiraten, oder?"

„Mama", Hazels Stimme zitterte, „wird er mein Daddy? Ich meine, mein Daddy im Himmel gehört für immer mir, aber ich möchte mit Dustin tanzen, wann immer ich will, und vielleicht können wir uns auf die Couch kuscheln und eine von diesen Shows zusammen sehen, die dir so gefallen."

„Liebling, ich glaube, er hat gerade Ja gesagt. Habe ich recht? Sind wir drauf und dran, eine Familie zu werden?"

Sein Herz donnerte. „Ja. Wir werden heiraten und ein Spielgehege für die Ziegen bauen und uns für immer an den Moment erinnern, den wir mit ihnen geteilt haben." Dann griff er nach unten und hob Hazel hoch, sie schlang ihre Arme um seinen Hals und den ihrer Mama.

„So, werdet ihr morgen heiraten?"

Er gluckste und blickte zu seiner schönen, wunderbaren, liebevollen Verlobten. „Es könnte ein bisschen schwierig werden, bis morgen eine Lizenz zu bekommen, aber wie wäre es mit Mittwoch? Oder wir machen es an einem anderen Tag, ganz wie ihr wollt."

„Mittwoch", sagten sie gleichzeitig.

Er schwebte auf Wolke Sieben. „Dann also am Mittwoch."

EPILOG

Dustin hielt die Stange für das neue Ziegengehege an Ort und Stelle, während sein Cousin Ace, der jüngste der Familie, Beton in das Loch goss.

Ace sah aus seiner knienden Position zu ihm auf, während er das tat. Er grinste. „Ich kann es kaum glauben, dass du jetzt hier im Bed & Breakfast wohnst. Das Haus wird am Wochenende voll. Musst du dich daran erst noch gewöhnen?“

„Vielleicht, aber es stört mich nicht, nicht auf der Ranch zu sein. Ich liebe die Ranch, aber meine beiden Schönen liebe ich noch mehr und ich bin froh, hier zu sein.“

„Großartig, ich freue mich für dich. Wenn erst einmal Ziegen in diesem Gehege spielen und nach Aufmerksamkeit heischen, dann wird das die Gäste, die am Wochenende kommen, sicher unterhalten.“ Er kippte den restlichen Beton in das Loch. „Großmutter hätte der Gedanke gefallen, dass wir ihre Liebe für die Ziegen nicht nur auf der Ranch am Leben erhalten, sondern sie sogar noch verbreiten und anderen Menschen zugänglich machen. Wahrscheinlich kommen alle Gäste des B&B noch mal wieder, um mit ihnen zu spielen."

Dustin grinste, als Ace aufstand. Dies war die letzte Stange, die im Boden verankert werden musste, als nächstes würden sie sich um den Draht kümmern, der dafür sorgen würde, dass die Ziegen in ihrem Gehege blieben anstatt frei herumzustreunen. „Seit unserer Hochzeit im Familienkreis vor zwei Wochen hatte ich eine großartige Zeit hier. Auch wenn ich die Ranch liebe und dort weiterhin arbeite, so liebe ich es doch noch mehr, hier mit meinen Mädels zu leben. Ja, es werden immer viele Leute hier sein, besonders an den Wochenenden, aber ich liebe das. Dieses Wochenende findet der Tanz statt. Wir freuen uns, dass das ganze große Haus voll wird. Jedes Zimmer wird mehr als eine Person beherbergen, alle Gäste freuen sich schon sehr auf ihre Zeit hier und in der Stadt. Es sind diesmal alles Freunde von Jasmines Mutter.

Ich kann dir sagen, Hazel und ihre Mutter sind begeistert darüber, dass die Ziegen noch rechtzeitig vor den Gästen kommen und diese sich an ihnen erfreuen können. Wenn am Freitag alle ankommen, können sie

sie in Augenschein nehmen. Sydney bereitet ein Festmahl zu, alles wird wunderbar. Während wir die Ziegen herbringen, wird sie dafür sorgen, dass es im ganzen Haus köstlich duftet. Sie kann wirklich kochen. Ich habe sie geheiratet, weil ich sie *und* ihre unglaublichen Fähigkeiten in der Küche liebe. Und sieh nur – sie und Millie verschönern den Garten mit Blumen. Millie ist ein großartiger Mensch, ich glaube, sie hat Sydney dabei geholfen, ihr Herz zu öffnen. Ich werde für immer in ihrer Schuld stehen."

Ace sah zu der Stelle hinüber, an der sie arbeiteten und lächelte. „Sie sehen aus, als hätten sie Spaß. Ich weiß, du hast der kleinen Hazel gesagt, dass sie den Frauen zur Hand gehen soll, als wir den Beton gegossen haben, aber du weißt so gut wie ich, dass die goldige Kleine lieber hier bei uns wäre und beim Bau des Ziegengeheges behilflich wäre."

Dustin grinste. „Wir machen noch den Beton fertig, dann rufen wir sie her und dann kann sie uns helfen, den Draht zu spannen. Ich weiß, dass sie helfen will, aber ich wollte sie nicht in der Nähe haben, solange wir mit dem Beton arbeiten. Außerdem genießen die Frauen es, wenn sie ihnen hilft. Die liebe Millie hat sich ihrer angenommen und ihnen bei der der Neugestaltung der Blumenbeete geholfen. Sie kann Hazels Unterstützung gut gebrauchen. Millie ist in der vergangenen Woche jeden Tag hergekommen, nachdem sie ihr Geschäft geschlossen hatte. Sie war immer hier und hat all die wunderschönen Blumenbeete angelegt. Die Gäste werden es lieben und wahrscheinlich oft hier draußen in einem der Sitzbereiche entspannen, die Sydney angelegt hat. Selbst ohne die Ziegen böte das Haus so einen großartigen Ort für Unterhaltungen oder um sich den Sonnenuntergang anzuschauen."

„Das klingt doch gut. Es ist schön, dich so glücklich zu sehen, Mann."

„Ich bin überglücklich. Und mit den Ziegen wird es sogar noch besser werden, sie werden Hazel noch glücklicher machen. Hazel wird sich ihre Lieblinge aussuchen. Ich habe gedacht, wir könnten mit vier Tieren anfangen und dann weitere hinzufügen, wenn sie möchte. Sie könnten Nachwuchs bekommen, sodass wir Babys aufziehen können. Apropos Babys, Hazel hat mich bereits gefragt, wann ihre Mutter und ich ihr einen kleinen Bruder oder eine kleine Schwester schenken."

Das Grinsen seines Cousins wurde noch etwas breiter. „Wollt ihr West und Genna überflügeln und Tante Christine überglücklich machen?"

Dustin grinste übers ganze Gesicht, als er sich daran erinnerte, wie sein Herz bei dieser Frage einen Satz gemacht hatte und er die offensichtliche Freude seiner Frau angesichts der Frage gesehen hatte. Er hatte erwidert, dass er und ihre Mama darüber sprechen und ihr dann Bescheid geben würden. Er lächelte. Den Gedanken an Kinder hatte er vor vielen Jahren beiseitegeschoben, doch jetzt wollte er sie mehr als alles andere, außer Sydneys und Hazels Liebe. Sie planten, ihre Familie bald zu vergrößern. Sobald dies entschieden war, würden sie in Sichtweite des B&B ein neues Haus bauen, auf dem Land, das ihr und ihm gehörte, Land, das jahrelang von ihrem Großvater und nun von ihm und seinen Brüdern und Cousins bewirtschaftet wurde. „Wir könnten versuchen, ihnen Konkurrenz zu machen. Aber du weißt ja, dass Mama Hazel als ihre Enkelin ansieht, also haben wir theoretisch gesehen bereits gewonnen."

Ace stieß ihm gegen den Arm. „Ja, alle lieben das kleine Mädchen sehr. Wie ist das eigentlich geschehen, mein Freund, mein Cousin, mein Kumpel? Du hast nicht viel gedatet, seit du mit gebrochenem Herzen vom College zurückgekommen bist – und dann, Boom, zieht Sydney in die Stadt und es ist um dich geschehen. Wir sind jedenfalls alle sehr glücklich. Ich weiß nicht, Mann. Du und West schwebt geradezu auf Wolke Sieben, ihr seht wirklich glücklich aus. Ich weiß nicht, ob ich schon bereit bin zum Heiraten. Ich bin der Jüngste von uns, wenn auch nur um ein paar Sekunden oder Minuten, deswegen sollte ich vielleicht noch ein bisschen darüber nachdenken.“

Dustin sah echte Neugierde in den Augen seines Cousins. Ace war sechsundzwanzig und der Jüngste, wenn auch nur wenig jünger als sein Zwillingsbruder, Hunter, der ihn um ein paar Minuten geschlagen hatte. Da die Zwillinge die jüngsten Mitglieder der Familie waren, hatte Dustin nicht gedacht, dass sich vielleicht einer von ihnen als nächstes Gedanken darüber machen würde, sich eine Frau zu suchen. Aber wer wusste schon, wer es sein würde – es war ein unglaubliches Glück, seine große Liebe zu finden und er war glücklich, dass ihm das als Zweiter gelungen war.

„Hey, kann ich euch jetzt bei der Arbeit helfen?“, rief Hazel, die neben Millie kniete. Millie grinste, als sie sie ansah, und Sydney tat das gleiche.

„Komm mit. Die Stange muss nicht länger gerade gehalten werden, der Beton ist schon hart genug. Lass uns mit meinen Mädels reden. So kommt sie nicht rüber und tritt in den Beton.“

„Du könntest sie Handabdrücke in den Beton machen lassen, so wie wir es manchmal getan haben.“

Er lächelte. „Gute Idee. Kleiner Cousin, du wirst eines Tages einen großartigen Vater abgeben.“

„Hey, komm bloß nicht auf komische Gedanken. Für den Augenblick werde ich damit zufrieden sein, hoffentlich bald Großonkel zu werden.“

„Okay. Klingt gut. Hazel, willst du einen Handabdruck in den Beton machen?"

Sie sprang auf. „Ja! Mama und Millie, kommt mit und seht zu."

Grinsend standen sie alle auf und kamen herüber.

„Okay", sagte er, als Hazel ihn erreichte. „Es ist gut, dass du ein kurzärmliges T-Shirt anhast, so können wir die Abdrücke machen, dann wäschst du dir die Hände und alles ist gut."

„Wenn ich ein langärmliges Shirt anhätte und es dreckig werden würde, dann würde ich es einfach in den Müll schmeißen, denn dieses Unternehmen ist es wert, ein Shirt einzubüßen. Nicht wahr, Mama?"

Sydney kicherte. „Das stimmt. Was für eine großartige Idee, deine kleinen Handabdrücke hier zu haben, um die positive Veränderung in unserem Leben zu markieren."

Ihr Blick ruhte auf seinem und er spürte ihre Liebe bis in die Zehen.

„Genauso wird es sein. Du solltest deinem Onkel Ace danken, es war seine tolle Idee."

Hazel grinste ihren Onkel an. „Vielen Dank. Mir gefällt das sehr."

„Mir auch." Ace grinste.

„Knie dich hin und spreiz deine Finger ein wenig", sagte Dustin, der bereits auf dem Boden hockte und wartete, während Hazel auf die Knie sank und ihre kleinen Finger weit spreizte. Er war froh, dass sie das Loch groß genug gemacht hatten, um Platz für die Metallstange und ihre kleinen Handabdrücke zu bieten. „Jetzt bring deine Hände so dicht zusammen, dass sich deine Daumen fast berühren, dann lehn dich nach vorn und drück sie so tief in den Zement, dass sie einen Abdruck hinterlassen."

Sie grinste vor Freude. „Das wird lustig." Und dann beugte sie sich vor und drückte ihre Hände in die weiche Masse.

Er stand bereit, um sie an den Handgelenken zu packen, falls sie zu lange drückte, aber der Zement hatte genau die perfekte Härte.

„Großartig. Jetzt heb die Hände gerade nach oben. Du kannst sie jetzt hochnehmen."

Auch das machte sie perfekt, anschließend betrachtete sie die Zementrückstände an ihren Fingern. „Und nun?"

Er grinste sie an, als ihm Ace den Wasserschlauch reichte, mit dem sie den Zement angemischt hatten. Er nahm ihn und hielt ihn über ihre Hände, während Ace den Regler des Wasserhahns aufdrehte, den sie beide am Tag zuvor angeschlossen hatten, damit es leichter zu bewerkstelligen wäre, Wasser zum Ziegengehege zu bringen. Er ließ das Wasser über ihre Hände laufen und sie begann automatisch, sie aneinander zu reiben.

„Das macht Spaß. Gut so?" Sie hielt ihm ihre Hände hin und er inspizierte sie.

„Sieht gut aus."

Sie wischte ihre sauberen, nassen Hände an der Vorderseite ihres Hemdes trocken und betrachtete ihre Handabdrücke. „Mama, gefallen sie dir?"

„Ich liebe sie."

„Ich liebe sie auch", fügte Millie hinzu. „In dem Haus, in dem ich wohne und das mein Vater gebaut hat, als ich in deinem Alter war, gibt es auch solche Handabdrücke. Meine eigenen am Fuße der Treppe. Wenn ich sie ansehe, kann ich kaum glauben, dass ich jemals so klein war."

Hazel grinste die ältere Dame an, die groß und schlaksig war. „Du magst nicht so klein sein wie ich, aber du hast anmutige Hände."

„Oh, danke." Millie hob ihre langfingrigen, schlanken Hände und lächelte. Der goldene Ehering an ihrem linken Ringfinger glitzerte im Sonnenlicht.

Dustins Blick fiel auf den Ring und sein Herz zog sich zusammen. Seine wunderbare Frau hatte ihren ersten Mann nach gerade einmal sechs Jahren verloren; dieser hübschen älteren Frau war es ähnlich ergangen, doch sie trug ihren Ehering noch immer. Tatsächlich hatte er Sydney eines Abends gefragt, während er im

Mondschein ihre linke Hand gehalten hatte, warum sie ihren Ehering nach Nelsons Tod abgelegt hatte, denn ihm war aufgefallen, dass Millie ihn Jahre nach ihrem Verlust noch immer trug. Sydney hatte ihm in die Augen geschaut. „Ein Jahr nach seinem Tod habe ich mich dazu durchgerungen. Ich habe ihn in meine Schmuckschatulle gelegt, damit ihn Hazel eines Tages haben kann. Ich habe nicht für einen Augenblick daran gedacht, mich einer neuen Liebe und einem neuen Ring an meinem Finger zu öffnen. Jetzt habe ich deinen Ring und den von Nelson, den ich an seine Tochter weitergeben kann, sie kann ihn am rechten Finger tragen, wenn sie möchte, oder ihn ebenfalls als Ehering verwenden. Ich bin wahrlich gesegnet worden, zweimal die große Liebe zu finden."

Ihre Worte hatten die Welt für ihn bedeutet, er wusste, dass es Nelson nichts ausmachte. Er spürte in seinem Herzen, dass sich ihr erster Ehemann – genau wie er, ihr zweiter Ehemann –gesegnet gefühlt hatte, sie die Seine genannt zu haben, auch wenn es nur für kurze Zeit gewesen war. Dustin hoffte, dass er sie ein langes, glückliches Leben lang seine Frau nennen durfte. Er war gesegnet und er wusste es.

Als er nun erst Millies Ring betrachtete und dann ihr Gesicht und die Art und Weise bemerkte, wie ihr Blick auf dem Ring verweilte, da fragte er sich plötzlich, ob es eines Tages wohl noch einmal eine neue Liebe in ihrem Leben geben würde. Sie war eine wundervolle Frau, ihr gehörte ein besonderer Platz in seinem Herzen, denn ihre Worte der Liebe an Sydney hatten dieser geholfen, ihre Liebe zu ihm zu erkennen. Er würde für immer in Millies Schuld stehen. Vielleicht würde es eines Tages einen anderen Mann in ihrem Leben geben. Einen, der sie so sehr liebte wie er Sydney.

In diesem Moment ließ sie ihre Hände sinken und ihr Blick traf seinen.

„Du hast hübsche Hände, Millie, und ein hübsches Herz." Sydney lehnte sich an ihn, als er einladend seinen Arm ausstreckte. Er blickte erst sie an, dann Millie. „Wir werden dir für immer dankbar sein."

Millie lächelte. „Ich bin so froh, eure lächelnden Gesichter zu sehen, und weiß, dass ihr drei", sie blickte zu der lächelnden Hazel hinab, „das Leben vieler Menschen mit eurem wunderschönen B&B berühren werdet. Ich bin gern jederzeit zur Stelle, wenn ihr Hilfe benötigt. Mit den Blumenbeeten, oder ich kann auch arbeiten, wenn ihr euch mal ein Wochenende freinehmen wollt. Ich hätte nichts dagegen, ein paar eurer Gäste willkommen zu heißen."

Er zog eine Augenbraue hoch. „Nun, darauf werden wir vielleicht zurückkommen. Doch zunächst müssen meine Brüder und ich noch mal raus in die Schlucht und sicherstellen, dass sich der Berglöwe verzogen hat. Ich denke, uns droht keine Gefahr, ich bin ja hier, aber wir müssen wenigstens noch einmal rausreiten und nach Spuren des Löwen suchen. Denn ich möchte, dass alle sicher sind, und außerdem muss ich noch mit Hazel über den umgestürzten Baum laufen."

„Ja, das müssen wir tun", quietschte Hazel.

„Wir machen das, nachdem ich noch einmal dort war und nach dem Berglöwen gesehen habe und nachdem wir das erste Wochenende mit Gästen hier im Haus hinter uns haben."

Als er zu Millie blickte, bemerkte er den überraschten Gesichtsausdruck, mit dem sie Sydney ansah, während sie gleichzeitig eine Augenbraue hochzog. *Was war da los?*

„Oh", keuchte Sydney. „ich war so mit unserer Hochzeit beschäftigt, dass ich es vergessen habe." Sie grinste. „Ich wollte dir sagen, dass du dich unbedingt mal länger mit *Millie* unterhalten musst. Diese erstaunliche Frau und ich haben uns über die Löwen unterhalten, doch anschließend war ich so beschäftigt, dass ich völlig vergessen habe, es zu erwähnen. Sie weiß unglaublich viel über Berglöwen. Und ich muss dir sagen, dass ich nicht glaube, dass er noch in der Gegend ist."

Überrascht sah er Millie an. Er wusste nur, dass sie

sich mit Pferden auskannte. „Also Millie, was weißt du, was ich wissen muss?"

Millie grinste. „Vielleicht weißt du bereits alles, denn du hast nachgeforscht, wie mir deine Süße erzählt hat, aber sie meinte auch, wie besorgt du in Anbetracht der Möglichkeit bist, dass er vielleicht immer noch dort draußen ist. Mein Vater und Großvater waren Jäger und wussten viel über Löwen. Doch ich war schon immer besessen davon, Informationen zu sammeln und tiefer zu graben, irgendwann haben sie begonnen, mir Fragen zu den Tieren zu stellen, wenn sie etwas nicht wussten. Im Grunde genommen bin ich bezüglich mancher Themen ein Nerd, ich habe mich schon immer gern so richtig in ein Thema eingelesen. Und was ich einmal gelernt habe, vergesse ich nicht wieder, es nistet sich in meinem Gehirn ein und bleibt dort. Sydney habe ich das auch schon erzählt: Berglöwen sind Einzelgänger. Sie ziehen nicht zu mehreren umher und sind sehr dominant, wenn es um ihr Land geht. Sie sind nur dann zu mehreren anzutreffen, wenn Paarungszeit ist oder ein Muttertier Junge hat. So oder so durchstreifen sie ein riesiges Gebiet von ungefähr einhundert Quadratmeilen. Wie du sicher weißt, entspricht eine Quadratmeile etwa zweihundertsechzig Hektar. Diese Katzen legen unglaubliche Entfernungen zurück und ich bin mir ziemlich sicher, dass es eine Weile dauern wird, bis sie wiederkommt. Ihr habt keine weiteren toten Kühe mehr gefunden, oder?"

„Ähm, nein, und die Kühe waren die letzten zwei Wochen wieder dort draußen. Wir haben beschlossen, das Risiko einzugehen, und die Rinder als Ablenkung hinzubringen. Lieber sie als Hazel oder Sydney. Wir wollten sehen, was geschieht. Ich sage das nur ungern, aber ich liebe diese Mädels zu sehr, um ihr Leben aufs Spiel zu setzen."

Sydney schlang ihre Arme um seine Hüfte und lächelte ihn an. „Zum Glück wissen wir, dass du nicht immer gemein bist. Nach allem, was mir Millie – die kluge Millie – erzählt hat, war ich nicht mehr sehr verängstigt, sie hat meine Befürchtungen zerstreut. Sie ist wundervoll. Und Löwen sind interessant. Wahrscheinlich steckt sie noch voller weiterer Informationen zu den verschiedensten Themen. Sie ist wie eine wandelnde, sprechende Enzyklopädie. Ich denke, Hazel, ich und deine Tiere sind in Sicherheit. Der Löwe ist wahrscheinlich weitergezogen."

Er grinste zu seiner hübschen, entzückenden Frau herunter. „In Ordnung, Liebling, ich werde ein langes Gespräch mit Miss Millie führen, und wenn mich ihr Wissen so überzeugt, wie du es gesagt hast, dann werde ich mich ein wenig entspannen. Doch du kannst nicht verhindern, dass ich an deiner Seite bin, um auf dich und dieses erstaunliche kleine Mädchen aufzupassen.“ Er legte seinen Arm um Hazel, als diese sich neben ihn stellte und ihn angrinste. „Auch wenn keine Löwen mehr in der Gegend sind, ich werde auf alles und jeden achten, der euch Schaden zufügen könnte. Und ihn in die Flucht schlagen. Und ich habe das Gefühl, dass ich dabei Hilfe von deinem Daddy im Himmel bekommen werde.“ Er lächelte Hazel an.

Das Mädchen schlang ihre Arme um seine Taille und lachte. „Ich weiß, ich weiß. Daddy wusste, was er tat, als er dir half, uns zu finden. Vielleicht hat er den Löwen dort draußen hingebracht, damit wir dich kennenlernen können.“

Ace lachte lauthals heraus, Millie tat es ihm gleich. Es war gleichermaßen rührend und belustigend, durch die Augen dieses reizenden Mädchens zu sehen, was um sie herum vor sich ging.

„Nun, meine Kleine“, sagte Ace gedehnt. „Damit könntest du recht haben, denn wir haben dort draußen noch nie einen Löwen gesehen und als Dustin auf diesen beziehungsweise dessen Hinterlassenschaften gestoßen ist, ist er ziemlich nervös geworden. Doch seitdem er deine Mutter aus dem Wasser gerettet hat und ihr zwei in sein Leben getreten seid, war er keine Minute mehr traurig, glaube ich. Dieser Mann läuft herum, als würde er auf Wolke Sieben schweben und wenn ich dich mit deinem süßen, kleinen Gesichtchen sehe, dann kann ich verstehen, warum."

Millie grinste ihn an, und Hazel ging zu ihm hinüber und sah zu ihrem Onkel auf. „Onkel Ace, vielleicht musst du dir auch eine Frau suchen, die dich so zum Lächeln bringt. Du bist süß, weißt du."

Ace lachte und Dustin hätte beinahe über seinen Cousin gelacht, der Pferde und das Angeln liebte. Er glaubte nicht recht daran, dass sein Cousin jemanden finden würde, der in die Lücke zwischen diese beiden Interessen passte, die den größten Teil seiner Tage und Gedanken in Anspruch nahmen.

Dann blickte Dustin zu seiner wunderschönen Frau, die ihn anlächelte. „Nun, ich wollte gerade sagen, dass ich daran zweifle, dass Ace sich demnächst verliebt, aber so wie ich das sehe, wird das wahrscheinlich geschehen…", er lächelte zu Sydney herab, „wenn die richtige Frau in sein Leben tritt."

Er sah Ace an, der ihn anstarrte, als wäre er verrückt geworden. Millie grinste breit, und wieder fragte er sich, ob sie noch einmal das Wunder erleben würde, sich zu verlieben. Und dann blickte er zu Hazel hinunter, die glücklich lächelte.

„Ja, wenn es passiert, passiert es, und es gibt kein Halten mehr. Und du willst nicht, dass es aufhört, Cowboy."

Jetzt blickten alle Ace an, dieser sah ein wenig verwirrt aus, doch dann grinste er. „Nun, es wird passieren, wenn es passieren soll. Auch wenn ich nicht glaube, dass das bald geschehen wird. Hazel, wie sieht's aus, warst du schon Fischen?"

„Schon sehr lange nicht mehr, aber ich würde gern, das macht Spaß."

„Ja, tut es. Willst du mit mir Fischen gehen?"

Sie stemmte die Hände in die Hüften und sah zu ihm auf. „Du weißt, dass ich will. Ich bin für jedes Abenteuer zu haben, zu dem ihr Männer, meine neuen Onkel, mich mitnehmt. Ich liebe das Leben hier. Es ist wunderbar, und ich werde nicht die ganze Zeit über zu Hause hocken. Ich werde ein Cowgirl werden. Ich werde Pferde mit dem Lasso fangen. Ich werde Kühe hüten, mit Ziegen spielen und sie züchten, *und* ich werde fischen, genau wie du."

Sie lachten alle.

Dustin und Sydney berührten einander an der Wange und er gab ihr einen kurzen Kuss auf die Lippen. Oh, wie sehr er sie liebte und das Leben, das sie ihm ermöglicht hatte.

„Okay, das klingt nach dem perfekten Plan, Hazel", sagte er. „Wer hat Lust, ein paar Ziegenställe zu bauen?"

Über die Autorin

Der Name der zeitgenössischen Bestseller-Autorin Hope Moore ist das Pseudonym einer preisgekrönten Autorin, die in Texas lebt und von Cowboys umgeben ist. Sie liebt es, Liebesromane und Happy Ends zu verfassen. Ihre herzerwärmenden Liebesromane sind voller schöner Helden, die es zu lieben gilt und wagemutiger Frauen, die ihre Herzen gewinnen.

Wenn sie nicht gerade schreibt, versucht sie hartnäckig, nicht zu kochen, da sie von Erdnussbuttersandwiches, Kaffee und Käsekuchen leben könnte. Seit sie schreibt, ist sie kaum noch in sozialen Medien präsent, aber sie LIEBT ihre Leserinnen und Leser, also melde dich für ihren Newsletter an und sichere dir die kostenlose Kurzgeschichte DIE WAHRE LIEBE IHRES MILLIARDENSCHWEREN COWBOYS.

MILLIARDENSCHWEREN COWBOYS, die Vorgeschichte ihrer Western Liebesgeschichten-Serie der McCoy Milliardärsbrüder!

Dieses Buch ist nur für Newsletter-Abonnenten erhältlich und ist die süße Liebesgeschichte von J.D. McCoy, dem geliebten Großvater der Brüder. Du wirst außerdem Leseproben ihrer Abenteuer, zusammen mit Sonderangeboten und neu veröffentlichten Büchern erhalten.

Bitte kopiere diesen Link und füge ihn in deinen Browser ein, um dich anzumelden: www.subscribepage.com/cowboyromantik